睦月影郎

美人探偵 淫ら事件簿

実業之日本社

実業之日本社文庫

美人探偵　淫ら事件簿　目次

第一話　蜜室で大快楽を

1

「あの人なら、この謎が解けるかも」

「あの人って誰だ」

利々子《りりこ》が言うと、兄で刑事の剛太《ごうた》が訊いた。

「私の大学時代の教授で、もう引退したけど変態心理に詳しい先生」

吉井《よしい》利々子は二十三歳で、大卒後はミステリー作家を目指し、何かと兄、二十八歳の剛太から難事件の話を聞いては持ち込み原稿に取り組んでいた。

もちろん捜査中の事件は守秘義務があるので、全て解決した事件の捜査の過程を聞いて小説にするのだ。

「今から行ってみるわ。近いので」

利々子がマンションを出ると、行き詰まっている剛太も一緒についてきた。

駅裏にある寂れたシャッター街の外れ、そこに『犬神堂《いぬがみどう》』という古書や骨董などを扱う小さな店があった。

「教授を引退して骨董屋か」

「独身主義で、店は前からの夢だったんだって。あ、いた、あれが犬神吾郎《ごろう》先生」

利々子が言い、店に入って進むと奥の帳場に六十代半ばで作務衣姿、坊主頭に丸メガネの男が居眠りをしていた。

剛太は、古いエロ本や妖しげな性具の並んだ棚を胡散臭げに見回しながら妹に続いた。

「先生、起きて下さい」

利々子が吾郎の肩を揺すって言うと、彼は目を開け、手の甲で涎《よだれ》を拭った。

「ん？　誰だっけ、見たことはあるが」

「春まで先生の心理学教室にいた吉井」

「ああ、言わなくても分かった。リリイだな。三月四日生まれの魚座で、最後のシャワーを浴びてから十三時間、昼食はパスタに生野菜にトマトジュースか」

吾郎が完全に目を覚まして言うと、利々子は彼から一歩下がって口を押さえた。

横で剛太が、何だコイツは、という目で吾郎を睨んでいる。

「で、そのリリイが何の用かね。隣のゴリラは誰だ」

「あ、これは私の兄で刑事をしてます。ちょっと難事件があって、警察犬より鼻が利く戌《いぬ》年の先生のご意見をと」

「ふん、どうせ暇だ。話を聞こうか。それにしても似ていない兄妹だな」

吾郎は言いながら丸椅子を一つ差し出した。利々子が座り、剛太が本の山に腰を下ろそうとすると、

「こらこら、ゴリラ男が椅子だ。神聖な本に座ってよいのは女性だけだ」

言われて利々子は慌てて立ち、兄に椅子をすすめて自分は積まれたエロ本に座った。

「ああ、それでよい。美女が座った本だから値打ちが上がる」

吾郎は言ってタバコに火を点けた。

「では、お話しします」

巡査部長になったばかりの剛太が渋々口を開き、数日前の事件のあらましを伝えた。

現場は駅近くのスポーツジム。従業員専用の個室でオーナーの息子、二十五歳になる小田卓郎《おだたくろう》が毒物の摂取により意識不明で搬送。

窓はなく、唯一のドアは内側から施錠。近くには毒物らしい小瓶が転がっていた。

「そりゃ完全に自殺じゃないのか」

「はあ、ただ状況が……。卓郎は下半身丸出しで一物《いちもつ》を握り」

剛太が、妹を気にしながら説明した。

「そして左手には女性もののショーツを握りしめていました」

「ははあ、死ぬ前に一回抜こうとしたのか」

「射精の痕跡はありません。どうやら途中で」

剛太が言い、卓郎は死の境にあり予断を許さぬ状況ということだ。

「意識が回復すれば解明されますが、死に到った場合は犯人がいる可能性も考えねばなりません」

「小瓶の毒物は？」

「鑑識の結果、陽イオン界面活性剤、つまり手の消毒液ですが、飲んだ場合は粘膜が腐食し、口、食道、胃がやられ、血液に吸収されると死に到ります。要するにどこでも手に入るものです。さらにショーツの中心部にはテングタケの毒も塗られていました」

「分かった。ショーツの持ち主が毒を塗って被害者を殺害しようとしたのだな。奴が舐めると分かっているから、遅効性の毒を恥垢に混ぜたのだ」

「そんな、恥垢を舐めるような奴がいるのですか」

「運動ばかりしてきたゴリラに恥垢の良さは分かるまい。近《ちこ》う寄れ、これを見ろ」

　吾郎は変態性欲の本を開き、フェティシズムの項目を指した。

「モテない男というものは、美女の下着を嗅いだり舐めたりするのが常識だ。その小瓶も、犯人の女性が私のオシッコよと言ってあげたものだろうな」

「そ、そんな変態が世の中にいるのですか。ましてジムの跡取り息子が」

　剛太が言うと、黙っていた利々子がスマホを差し出し、卓郎の写真を見せた。

「ああ、小太りメガネ、正にフェチオナニー全盛期の男だな。ましてジムの息子なのに運動が苦手そうで、多くのコンプレックスを抱えていよう」

　吾郎は紫煙をくゆらせて言い、

「で、事件現場にいたジムの客は分かっているんだな？」

「ええ、夜だったので全部で五人だけ、会員の主婦やＯＬ、女子大生などです」

　剛太が答えると、彼のスマホが鳴った。

「なに、危篤？　すぐ行く」

　彼はスマホを切って吾郎に向き直ると、

「では私はこれで」

　あまり吾郎と話していたくなかったように、剛太はそそくさと出ていってしまった。

「まあ、じゃさらに詳しい話を聞いてから、ジムへ行ってみようか」

「嬉しいです。協力してくれるんですね」

　利々子は顔を輝かせて言った。どうやら兄の出世を願っているようだ。

「じゃ、二階でゆっくり話そう」

「ここでいいじゃないですか」

「客が来ると嫌だ。閉めよう」

　吾郎は散らかった帳場から這い出し、店を閉めると脇の階段を上がっていった。

二階はリビングと寝室である。

「案外広いんですね。このお部屋を、私の探偵事務所にしようかしら」

利々子が室内を見回して言う。

持ち込み原稿の傍ら、面白い事件を求めて探偵事務所をやりたいらしい。

「ああ、いいよ。リリイなら家賃は要らない」

「本当ですか！」

「その代わり、まあこっちへ来て。ゴリラも帰ったことだし」

吾郎は嫌らしい笑みを浮かべ、彼女を奥の寝室に誘ったのだった。

2

「じゃ、まず匂いを嗅がせてね」

「なぜですか」

「これから現場へ行くんだから、君の匂いを区別するためだよ」

吾郎は言い、利々子をベッドに座らせた。

確かに彼は、警察犬と勝負しても勝てるほど匂いに敏感なのである。もっとも女性の匂いに限られているのだが。

そして胸に顔を寄せ、生ぬるい熱気を吸い込んだ。

「あ、もう男はいないようだな。学生時代は、セックスした翌朝は男の匂いが残っていたものだが」

「なんで知ってるんですか。確かに別れて半年ですけど」

利々子は恥ずかしげに身を縮めて言ったが、とにかく吾郎は好みの女性の匂いは全て記憶してしまうのである。

「どうせシャワーを浴びてから舐めるような男だったんだろう。そんな、鰻重の鰻を洗って食うような奴とは別れて正解だ」

「どういう例えですか」

「ううん、やはり脱いでもらわないと捜査に支障が出そうだな。さあ」

「何が、さあ、ですか」

「兄貴の出世のためだ。全部脱いで。儂《わし》も脱ぐので」

吾郎は言い、手早く作務衣を脱ぎ去ると全裸になり、ピンピンに勃起したペニスを露わにした。

「お、お年なのに、すごい……」

利々子は目を見張り、彼はブラウスのボタンを外してきたので、途中から観念して自分で脱いだ。学生時代から、利々子はやけに吾郎のことが好きだったし、何しろ男にも飢えているので、いかに四十歳以上年上でも嫌ではなかったのだ。

吾郎にしても利々子は好みだったようで、彼女の在学中から何かとセックスを求めたのだが、利々子は恋人がいるからと拒み続けてきたのである。

やがて好奇心を湧かせた利々子も、ためらいなく一糸まとわぬ姿になり、ベッドに仰向けになった。

「わあ、嬉しい。とうとうリリイを抱ける日が来た」

吾郎は言い、彼女にのしかかっていった。

ショートカットで気の強そうな眼差し、案外乳房は豊かで、ウエストがくびれ、スラリとした脚が伸びている。

吾郎は顔を寄せ、チュッと乳首に吸い付いて舌で転がし、顔中で柔らかな膨みを味わった。

「あう……！」

利々子がビクリと反応して呻くと、甘ったるい匂いが漂った。

彼は左右の乳首を交互に含んで舐め回し、利々子の腕を差し上げて腋の下にも鼻を埋め込んで嗅いだ。

「いい匂い」

「ああっ、シャワーも浴びていないのに……」

「浴びたらナマの匂いが消えちゃうからね」

吾郎は言い、ジットリ湿った腋の下に籠もる、生ぬるく濃厚に甘ったるい汗の匂いに噎《む》せ返った。

充分に胸を満たしてから舌を這わせると、スベスベの感触に、ほのかな汗の味が感じられた。

利々子はくすぐったそうに身をくねらせ、彼は滑らかな肌を舐め降りていった。

脇腹から真ん中に移動し、形良い臍《へそ》を探り、ピンと張り詰めた下腹に顔を押し付けて心地よい弾力を味わった。

しかし股間を後回しにし、彼は腰から脚を舐め降りていった。

やはり肝心な部分は最後に取っておきたいし、せっかく若い美女が身を投げ出しているのだから隅々まで味わいたかった。

脛《すね》もスベスベで、吾郎は足首まで下りると足裏に回り込み、踵から土踏まずを舐め、縮こまった足指の間に鼻を押し付けて嗅いだ。

指の股は汗と脂で生ぬるく湿り、ムレムレの匂いが沁み付いて鼻腔が刺激された。

充分に嗅いでから爪先にしゃぶり付き、順々に指の股に舌を割り込ませて味わうと、

「ああ……、ダメ……」

利々子が嫌々をして声を震わせた。

構わず抑え付け、彼は両足とも全ての指の股をしゃぶり、味と匂いを貪り尽くしてしまった。

「じゃ、うつ伏せになってね」

足首を摑んで捻ると、利々子も素直にゴロリと寝返りを打ち、腹這いになった。

吾郎は彼女の踵からアキレス腱、脹《ふく》ら脛《はぎ》から汗ばんだヒカガミ、太腿から尻を舐め上げていった。もちろん尻の谷間は後回しで、彼は滑らかな腰から背中を舌でたどった。

「アアッ……！」

背中も感じるようで、利々子は顔を伏せて熱く喘いだ。

背中の、ブラのホック痕は汗の味がし、彼は肩まで舐め上げて髪の匂いを嗅ぎ、

耳の裏側の湿り気も嗅いで舌を這わせた。

利々子はくすぐったそうに肩をすくめ、熱い息遣いを繰り返している。

どうせ大学時代の彼氏など、すぐ突っ込んで終わるだけだろうから、こんなに丁寧に愛撫されるなど初めてかも知れない。

やがて吾郎は再び背中を舐め降り、脇腹に寄り道しながら尻に戻ってきた。

指で谷間をムッチリ広げると、奥にひっそりと薄桃色の蕾が閉じられていた。

可憐な襞に鼻を埋めて嗅ぐと、顔中に弾力ある双丘が密着し、蒸れた匂いが感じられた。

「ああ、シャワー付きトイレで匂いが薄い。昭和はナマの匂いがして良かったのだが」

吾郎はぶつぶつぼやきながらも匂いを貪り、舌を這わせて襞を濡らすと、ヌルッと潜り込ませて滑らかな粘膜を探った。

「く……」

利々子が呻き、キュッと肛門できつく舌先を締め付けてきた。

彼は舌を蠢《うごめ》かせて粘膜を味わい、ようやく顔を上げ、

「じゃまた仰向けに」

言うと利々子も再び仰向けになった。

片方の脚をくぐって股間に陣取り、白くムチムチした内腿を舐め上げて股間に迫ると、熱気と湿り気が顔中を包み込んできた。

見ると、割れ目からはみ出した花びらがネットリと蜜に潤い、内腿との間に糸さえ引いているではないか。やはり相当に欲求が溜まっていたのだろう。

ぷっくりした丘には楚々とした若草が柔らかそうに煙り、指で陰唇を広げると、濡れた膣口が襞を入り組ませて息づいていた。

ポツンとした小さな尿道口もはっきり確認でき、包皮の下からは小指の先ほどもあるクリトリスが、真珠色の光沢を放ってツンと突き立っていた。

3

「ああ、綺麗だ」

吾郎は感激と興奮に目を凝らし、吸い寄せられるように顔を埋め込んでいった。

何しろ吾郎の体験した女性の中で、利々子は最も年下なのである。

恥毛に鼻を擦りつけて嗅ぐと、蒸れた汗とオシッコの匂いが鼻腔を掻き回してきた。

「ああ、いい匂い」

「あう」

うっとり嗅ぎながら言うと、利々子が羞恥に呻き、キュッときつく内腿で彼の両頬を挟み付けてきた。

吾郎は鼻腔を刺激されながら舌を挿し入れ、膣口から湧き出す蜜をクチュクチュ掻き回し、味わいながらゆっくりクリトリスまで舐め上げていった。

「アアッ……、い、いい気持ち……」

利々子がビクッと顔を仰《の》け反《ぞ》らせ、ヒクヒクと下腹を波打たせた。

吾郎はチロチロと舌先で弾《はじ》くようにクリトリスを刺激しては、新たに溢れる淡い酸味を含んだ蜜をすすった。

「も、もうダメ、いきそう、入れて……」

利々子が身悶えながら口走った。

「何てはしたない。じゃおしゃぶりしてから自分で入れなさい」

吾郎は答え、彼女を引き起こすと入れ替わりに自分が仰向けになった。そして利々子の顔を股間に押しやると、彼女も素直に先端に顔を寄せてきた。

そっと幹に指を添えて舌を伸ばし、粘液の滲む尿道口をチロチロと舐め回し、張りつめた亀頭を咥えると、そのままスッポリと喉の奥まで呑み込んでいった。

「ああ、気持ちいい……」

吾郎は温かく濡れた口腔に含まれ、唾液に濡れた幹をヒクつかせて喘いだ。ネットリと舌がからまり、彼が快感に任せてズンズンと股間を突き上げると、

「ンン……」

喉の奥を突かれた利々子が小さく呻き、自分も顔を上下させ、スポスポと濡れた口で摩擦してくれた。

「い、いきそう、跨いで入れて」

すっかり高まった吾郎が言うと、利々子もスポンと口を引き離して身を起こし、前進して彼の股間に跨がってきた。

幹に指を添えて先端に割れ目を押し当て、位置を定めると息を詰め、ゆっくり腰を沈み込ませていった。

たちまち、屹立《きつりつ》した彼自身はヌルヌルッと根元まで呑み込まれていった。

「アアッ……！」

ぺたりと座り込んだ利々子が顔を仰け反らせて喘ぎ、密着した股間をグリグリ

と擦り付けてきた。

吾郎も肉襞の摩擦と温もり、潤いと締め付けに包まれながら快感を嚙み締めた。

両手で抱き寄せると、利々子も身を重ねてきたので彼は抱き留め、両膝を立てて尻を支えた。

動かなくても、膣内の味わうような収縮が心地よかった。

下から顔を引き寄せて唇を重ね、舌を挿し入れて滑らかな歯並びを舐めると、彼女も歯を開き、チロチロと舌をからめてくれた。

利々子の熱い鼻息で鼻腔が湿り、吾郎は滴る生温かな唾液をすすり、うっとりと喉を潤した。

「もっと唾を出して」

口を触れ合わせながら囁くと、利々子もことさら多めにトロトロと唾液を注いでくれた。生温かく小泡の多い唾液を飲み込みながら、ズンズンと股間を突き上げはじめると、

「ああ……、いい……」

利々子が口を離し、唾液の糸を引いて熱く喘いだ。湿り気ある吐息を嗅ぐと、花粉のように甘い匂いに、ほんのり昼食の名残のガーリック臭が悩ましい刺激と

なって鼻腔を満たした。

「ああ、若い美女の匂い……」

吾郎は喘ぎ、彼女の喘ぐ口に鼻を押し込んで濃厚な吐息を胸いっぱいに嗅いだ。

突き上げを強めると、利々子も合わせて腰を遣い、互いの動きがリズミカルに一致してきた。ピチャクチャと淫らに湿った摩擦音が響くと、先に利々子がオルガスムスに達してしまったようだ。

「い、いく、気持ちいいわ、アアーッ……！」

声を上ずらせ、ガクガクと狂おしい痙攣を開始すると、その収縮に巻き込まれるように、続いて吾郎も激しく昇り詰めてしまった。

「い、いい……！」

突き上がる大きな絶頂の快感に口走り、熱い大量のザーメンをドクンドクンと勢いよくほとばしらせると、

「あう、熱いわ……！」

奥深くに噴出を感じた利々子が、駄目押しの快感を得て呻いた。

吾郎は激しく股間を突き上げ、心置きなく最後の一滴まで出し尽くしていった。

「ああ、良かった……」

彼は徐々に動きを弱めながら言い、利々子も満足げにグッタリともたれかかってきた。

まだ膣内は名残惜しげな収縮を繰り返し、刺激された幹が中で過敏にヒクヒクと跳ね上がった。

「あう、もうダメ……」

利々子も敏感になっているように呻き、幹の震えを押さえるようにキュッときつく締め上げてきた。

吾郎は完全に動きを止めて力を抜き、美女の重みと温もりを受け止め、熱く濃厚な吐息を間近に嗅ぎながら、うっとりと快感の余韻に浸り込んでいったのだった。

4

「さあ、では現場へ出向くとしようか」

シャワーを浴びて身繕いを終えると、吾郎は言った。

「すごい元気ですね……」

利々子はまだぼうっとした顔つきで言い、それでも一緒に階段を下りて犬神堂を出た。

作務衣に下駄を突っかけ、吾郎が利々子と駅近くのスポーツジムへ行くと、もう捜査員の姿はなく、ごく普通に営業していた。

あるいは、もう自殺説が確定しているのかも知れない。

しかしオーナーは、息子のあられもない姿での意識不明にショックを受け、卓郎の病室で意気消沈しているらしい。

先日、卓郎の姿が見えず奥にある部屋の鍵がかかっているので、オーナーが合い鍵で開け、彼を発見したらしい。

利々子が、受け付けの女性に吾郎を紹介してくれた。何人かの従業員が、オーナーに言われて営業を続けているようだ。

「こちらは、吉井巡査部長に協力している犬神先生です」

言うと、女性も利々子が刑事の妹と知っているようで捜査を承知してくれた。

まず今日の入館者名簿を見せてもらうと、事件に居合わせた主婦やＯＬは来ておらず、唯一、その時にいた女子大生が来ているというので履歴書を確認した。

すると利々子のスマホが鳴り、出ると剛太からのようだ。

「意識が回復したんですって」

「へえ、危篤になったり回復したり忙《せわ》しない被害者だな」

「私、病院に行ってきますね」

利々子は、好奇心満々で吾郎に言い、足早にジムを出ていった。剛太も、頭の回転が速い妹を何かと頼りにしているのだろう。

吾郎は、一階の奥にある従業員専用の部屋を見せてもらった。話では、そこは卓郎の私室のようなもので、他の人は誰も入れないらしい。

部屋を見ると、机に椅子にパソコン、あとはエロ本とエロＤＶＤが積まれ、現場をいじっていないためクズ籠にはザーメンを拭いたティッシュが山になっていた。

鑑識では、小瓶に卓郎以外の指紋はなく、ショーツも女性のＤＮＡは検出されていないので、どうやら新品に毒を塗ったらしい。

一応は密室だし、オーナーの息子ということでプレッシャーがあったらしいから、警察も自殺で片付けたいのだろう。

「ん？　ドアの前に微かな女の匂い……」

吾郎は、入り口付近に残る匂いを察知し、いったん卓郎の私室を出てジムを見回った。

　すると、タンクトップに短パン姿の若い娘とすれ違ったとき、彼は匂いで分かった。

「あ、君は会員で女子大生の久保恵利香《くぼえりか》さんだね？　儂は警察に協力している犬神だ」

「何でしょうか……」

　ロングヘアーの彼女、恵利香は整った顔立ちを不安げにさせて訊いた。さっき見た履歴書だと、二十歳ということである。

　ストレッチを終えたばかりというだけでなく、緊張により甘ったるい汗の匂いが濃厚に漂い、吾郎は卓郎のドアの前で嗅いだものと同じだと確信した。

「ちょっと奥の部屋に来てね」

　吾郎は言い、また卓郎の部屋に戻ると、恵利香も恐る恐るついてきた。

「ここに入ったことは？」

「ありません」

「そう、実は女性が入った痕跡がないか、明日から大々的な捜査をすることになってるんだ。奴らは髪の毛一本逃さないからね」

「だって、オーナーの息子さんは自殺じゃないんですか？」

「このままだとそうなる。でも、儂には分かってる。君が、自分の使用済み下着とオシッコだと偽って小瓶を彼に渡したことを。そのあと何度も、彼が死んだかどうかこの廊下を往復しているね」

「まさか、監視カメラが……？」

恵利香が言い、反射的に天井を見上げてからハッと口を押さえた。

もう白状したようなものである。

「卓郎からお金を貰っていたの？　君の入金記録を調べればすぐ分かるけど、話によっては誰にも内緒にしてあげる」

「本当ですか……？」

恵利香が心細げな眼差しを向けて言う。

「ああ、儂は警察のものじゃないからね、君が薬学部でテングタケの知識があったことも、儂が黙っていれば自殺で片付くよ」

吾郎は言うと、彼女を椅子に掛けさせた。少し考え、やがて恵利香が口を開いた。

「最初は、ラブレターを貰って、好きな人がいるから困ってしまって……」

「うん、それで？」

「じゃ付き合ってくれなくてもいいから、お小遣いと引き替えにいろいろなものを欲しいって……」

恵利香が言いにくそうに言うのを、吾郎が補足しながら聞き出した。やはり卓郎はモテないフェチ男だったようで、恵利香と付き合えないのなら、せめて唾液とか下着とかソックスなどを買っていたらしい。

恵利香も金は魅力で、互いに絶対に秘密ということで取引したのだろう。

家はそこそこ金持ちだからジムにも通えるが、やはり学費も嵩《かさ》むし、若いから金は多いほど良いのだろう。

しかし卓郎が金を出し渋りがちになり、今までのことを秘密にする代わりにセックスを求めて来たようだ。

恵利香も困り果てた末、殺害を計画。オシッコと偽り、指紋を消した小瓶と、毒を塗った新品のショーツを渡した、
そしてオーナーが意識不明の卓郎を発見して病院へ搬送、警察も来たので、その後の結果が気になり、それで恵利香は今日もジムに来ていたようだった。

「そうか、分かったよ。それで、卓郎のことは少しも好きにはなれなかった？」

「ええ、なれません。消えてなくなって欲しいです」

「君の匂いの沁み付いたもので彼が熱烈にオナニーしていることは、健気《けなげ》で可愛いと思わない？」

「気持ち悪いだけです」

「うん、ならば儂も誰にも言わないでおく。その代わり、儂には本物のオシッコを頂戴ね」

吾郎が嫌らしい笑みを浮かべて言うと、

「そ、そんな……」

「どうせ卓郎は死ぬか、生還しても恥ずかしくて誰にも言わないだろうよ」

吾郎は言い、部屋のドアを内側からロックしてから、カーペットの上に仰向けになった。

「じゃ、跨いでしゃがんでね」

言うと、恵利香も激しい緊張と羞恥、罪が暴かれる不安から、フラフラと言いなりになってくれた。

恵利香は恐る恐る彼の顔に跨がり、ショーツごと短パンを膝まで下ろすと、和式トイレスタイルでしゃがみ込んできた。

（わあ、いい眺め。しかもリリイより年下の新記録だ）

吾郎は思いながら、女子大生の恥ずかしい姿を真下から見上げた。

脚がM字になると、白い内腿がムッチリと張りつめ、ぷっくりした割れ目が鼻先に迫ってきた。

「アア……」

完全にしゃがみ込むと、恵利香は真下からの彼の熱い視線と息を感じ、羞恥に声を震わせた。

まず吾郎は彼女の腰を抱き寄せ、淡い茂みに鼻を埋め込んで嗅いだ。大部分は甘ったるく蒸れた汗の匂いで、もちろん彼の嗅覚は残尿臭や、ほのかな恥垢によるチーズ臭も感じ取っていた。

充分に胸を満たしてから尻の真下に潜り込み、顔中に密着する双丘を感じながら、谷間に閉じられたレモンの先のような蕾にも鼻を埋めて蒸れた匂いを貪った。

前後の匂いを吸収すると、彼は肛門に舌を這わせてヌルッと潜り込ませた。

「あう……！」

恵利香が呻き、モグモグと肛門で舌先を締め付けた。淡く甘苦い粘膜を味わってから、割れ目に移動して膣口を掻き回し、クリトリスまで舐め上げていった。

5

「アアッ……、ダメ……」

恵利香が熱く喘いで腰をくねらせ、力が抜けて座り込みそうになるたび、吾郎の顔の左右で懸命に脚を踏ん張った。

クリトリスを舐めるたび、徐々に蜜が溢れて舌の動きが滑らかになった。

そして何度か吸い付いていると、

「で、出そうです、本当にいいんですか……」

恵利香が息を詰めて言い、彼も返事の代わりに吸引と舌の動きを強めた。

すると割れ目内部の柔肉が迫《せ》り出すように盛り上がり、味わいと温もりが変化した。

「あう、出る……」

彼女が口走ると同時に、チョロッと熱い流れがほとばしった。慌てて止めようとしたようだが、いったん放たれた流れはチョロチョロと勢いを増して吾郎の口に注がれた。

彼は懸命に受け止め、仰向けなので噎せないよう気をつけながら、熱い流れを喉に流し込んだ。

匂いは淡く上品で、味も薄めた桜湯のように抵抗なく喉を通過した。

しかも、あまり溜まっていなかったようで、一瞬勢いが増したものの、間もなく流れは治まってしまい、彼は一滴余さず飲み込むことが出来たのだった。

余りの雫をすすり、残り香の中で割れ目を舐め回していると、

「アア……、も、もう、変になりそう……」

恵利香が身悶えて言い、しゃがみ込んでいられず両膝を突いた。

吾郎も、ようやく口を離すと、彼女が横座りになって荒い呼吸を弾ませた。

そのとき、吾郎のスマホが鳴ったので、作務衣から取り出して耳に当てた。

「意識が戻りました。それで彼は、全て自分が自殺未遂したことだと告白したんです」

利々子からだった。

「へえ、やはり心の底では彼女が好きで、全て秘密にするつもりか。あるいは生まれ変わったつもりで、やり直す気になったか」

「何のことです？」

「いや、何でもない。分かった。じゃ儂も帰るね」

吾郎は答え、スマホを切った。

「卓郎の意識が戻って、自殺を図ったのだと供述したらしい」

「本当ですか……」

言うと恵利香が顔を輝かせた。

「ああ、だからもう二度とここへ警察が来ることはないから安心しなさい」

「はい、じゃ私は今日でこのジムを辞めます」

「ああ、それがいいよ。唯一の事情を知っている儂も、一度射精すれば全て記憶から消し去るからね」

「射精って……」

「うん、無実になったお祝いに一回しようね」

吾郎は言い、作務衣上下と下着を脱ぎ去り、全裸になってしまった。さっき利々子としたばかりなのに、すでに彼自身は最大限に突き立っている。

そして恵利香の乱れた短パンとショーツにソックスも脱がせ、タンクトップを引き抜くと、彼女も一糸まとわぬ姿になった。

彼女も、股間の前後を舐められ、オシッコまでしたのだから、すっかり身も心もぼうっとなっているようだ。

吾郎は脱いだものをカーペットに敷き、再び仰向けになった。

「じゃ、僕の顔に足を乗せてね」

「ふ、踏むんですか……」

言うと、恵利香はオドオドしながらも言いなりになり、吾郎の顔の横に立ち上がると、そろそろと片方の足を浮かせ、足裏を彼の鼻と口に押し付けた。

「ああ、気持ちいい。女子大生に顔を踏まれる教授」

「教授なんですか……？」

恵利香が驚き、壁に手を付いて身体を支えながら言った。

「うん、ああ、女子大生の足の匂い」

吾郎は足裏を舐め、指の間に鼻を割り込ませ、ムレムレの匂いを貪った。

運動を終えたばかりだから、指の股の湿り気は利々子より多く、しかし蒸れた匂いはほぼ同じようだった。

爪先をしゃぶり、足を交代してもらい味と匂いを貪り尽くすと、

「じゃ入れるので、先っぽを唾で濡らしてね」

言うと恵利香は移動し、大股開きになった彼の股間に腹這いになってきた。

するとすると吾郎は脚を浮かせ、両手で抱えると尻を突き出したのだ。

「先にお尻の穴舐めて。儂は洗ったばかりで綺麗だからね」

期待に幹をヒクつかせて言うと、恵利香もさしてためらわず、チロチロと肛門を舐め回してくれた。

初対面のジジイにしてくれるなら、同じ二十代の卓郎に少しぐらいしてやれば良いものを、やはりお金が欲しくてドライそうな女子大生にも好みがあるのだろう。

「あう、気持ちいい、中にも入れて」

心地よさに呻いて言うと、恵利香も厭《いと》わずヌルッと潜り込ませてくれた。

「わひひひ、なんていい……」

吾郎は奇声を発し、モグモグと味わうように女子大生の舌先を肛門で締め付けた。

彼女の熱い鼻息が陰嚢をくすぐり、中で舌が蠢くたび、内側から刺激されるように勃起したペニスがヒクヒクと上下した。

やがて吾郎は満足して脚を下ろし、

「タマタマもしゃぶって」

せがむと、恵利香も陰嚢を舐め回し、二つの睾丸を転がしてくれた。そして袋全体が生温かな唾液にまみれると、彼はせがむように幹を跳ね上げた。

恵利香も前進し、肉棒の裏側をゆっくり舐め上げ、先端まで来ると粘液の滲む尿道口を舐め回してくれた。

「深く入れて……」

言うと恵利香も丸く開いた口で、スッポリと喉の奥まで呑み込んでいった。

エアコンも点けていない薄寒い部屋で、彼自身のみが温かく濡れた快適な口腔に包まれた。恵利香は彼氏にしているらしく、慣れた感じで吸い付き、舌をからめ、顔を上下させスポスポと摩擦してくれたのだった。

「いいよ、跨いで入れて」

たちまち高まり、吾郎が言うと恵利香はチュパッと口を離して顔を上げた。

6

「私が上ですか。したことないのだけど」

「ああ、本の整理中にギックリ腰をしたからね、女上位が一番楽なんだ」

吾郎が答えると、恵利香も前進して彼の股間に跨がってきた。

そしてぎこちなく先端に割れ目をあてがい、自ら指で陰唇を広げながら腰を沈めると、たちまち彼自身はヌルヌルッと滑らかに奥まで嵌まり込んでいった。

「アアッ……！」

恵利香が顔を仰け反らせて喘ぎ、上体を起こしていられず、すぐに身を重ねてきた。

吾郎も両手でしがみつき、両膝を立てて尻を支えながら温もりと感触を味わった。

まだ動かず、潜り込むようにしてピンクの乳首に吸い付き、舌で転がしてから左右とも存分に味わった。

もちろん腋の下にも鼻を埋め、運動を終えたばかりで濃厚に甘ったるい汗の匂いに噎せ返った。

女子大生の体臭に包まれながら、ズンズンと股間を突き上げはじめると、

「アア……、か、感じる……」

恵利香が熱く喘ぎ、合わせて腰を動かしはじめた。やはり彼氏と相当に数をこなしているようで、たちまち収縮と潤いが増してきた。

吾郎は動きながら彼女の汗ばんだ首筋を舐め上げ、唇を重ねてグミ感覚の弾力を味わった。舌を挿し入れると、恵利香もチロチロと絡み付けてくれ、彼は興奮を高めて突き上げを強めていった。

ジワジワと絶頂が迫ってくると、吾郎は舌を引っ込め、恵利香の喘ぐ口に鼻を押し込んで熱い吐息を嗅いだ。

それは桃とイチゴを混ぜたように甘酸っぱい芳香で、うっとりと鼻腔が刺激された。

（ダイエットで、昼食はフルーツジュースだけだったのかな）

吾郎は分析しながら胸を満たし、女子大生の果実臭に包まれながら先に昇り詰めてしまった。

「い、いく、気持ちいい……」

彼は快感に口走りながら、ありったけの熱いザーメンをドクンドクンと勢いよくほとばしらせた。

「あう、いく……！」

すると、噴出を受け止めた途端に恵利香もオルガスムスのスイッチが入ったように声を上げ、ガクガクと狂おしい痙攣を開始したのだった。

締め付けと収縮の中で心ゆくまで快感を噛み締め、最後の一滴まで出し尽くすと、

「ああ、良かった……！」

吾郎はすっかり満足しながら言い、徐々に突き上げを弱めていった。

いつしか恵利香も肌の硬直を解き、グッタリと彼にもたれかかっていた。まだ収縮する膣内で、過敏になった彼自身がヒクヒクと震えた。

そして吾郎は甘酸っぱく可愛らしい吐息を胸いっぱいに嗅ぎながら、うっとりと余韻を味わったのだった。

「ああ、こんなに感じたの、初めてです……」

恵利香が、荒い息遣いとともに囁いた。

吾郎も、この歳でのダブルヘッダーは少々きつかったが、まだまだ若造には負けず、女性を満足させられるのだと自信を持った。

「じゃ、ジムは辞めてもたまに会おうね」

吾郎は言い、やがて恵利香もノロノロと身を起こしていった。

そして身繕いをして、ラインを交換してから卓郎の部屋を出ると、二人は男女のバスルームに分かれて入った。

吾郎は別に会員ではないが、構わないだろう。身体を流してサウナを使い、ゆっくり湯に浸かってからジムを出た。

ふと思い立ち、吾郎は卓郎が入院している病院を訪ねた。

すると、ちょうど剛太と中年男が出てきたところだった。

「あ、犬神先生、事件性はナシとして解決しました。こちらはジムのオーナーで、彼の父親の小田勝之《かつゆき》氏です」

剛太が言い、吾郎が挨拶すると勝之も名刺を差し出してきた。

「お騒がせしました。ご協力頂いたようですが、どうかもう全てなかったことに」

「ああ、分かってる。もう余計な詮索はせず、見舞いに来ただけだ」

吾郎が言うと、勝之は安心したように一礼し、剛太と一緒に帰っていった。

吾郎は受け付けで病室を聞き、卓郎の部屋を訪ねてみた。

すると彼はもう服を着て、帰り支度をしているところだった。

「何だ、もう退院か。回復が早いな」

「はあ、あなたは……」

吾郎が言うと、小太りのメガネ、いかにもモテそうもない卓郎が訊いてきたので、彼は名刺を渡してやった。

「犬神堂……、あの古本と骨董の。でも肩書きに性心理研究家と……」

「ああ、異常愛の専門家だが、小瓶もショーツも、匂いで毒かどうか分かりそうなものだが、この未熟者めが」

「ど、どうやら、何もかもお見通しのようですね……」

吾郎が言うと、卓郎は目を丸くしてベッドに座り込んだ。どうやら吾郎の放つ変態オーラに圧倒されたようだ。

「まあ、自殺未遂と言い張って彼女を庇《かば》ったことは褒めてやる」

「え、ええ……、生き返って、諦める決心が付きました。それにジムは合わないので、跡継ぎは大学生の弟に任せ、僕は好きなように生きることにしました」

「ああ、それがいい。あんな騒動を起こしたのだから、父親も納得してくれるだろう」

吾郎は言い、もう恵利香への未練もないようなので、彼は安心して病室を辞し、犬神堂へ戻ったのだった。

するを脇の階段の柱に、何と『リリイ探偵事務所』という看板が掛けられているではないか。

吾郎が驚いて二階へ上がると、

「先生、どこ行ってたんですか」

利々子が、リビングの片付けをしながら言ったのだった。

7

「本当に始める気か。浮気調査なんかも」

「面白そうな案件だけです」

吾郎が訊くと、利々子はソファとテーブルを移動させた。リビングを、そのまま相談を受けるスペースにしたようだ。

彼女が持ち込んだ私物はノートパソコンぐらいで、吾郎も一階の雑然とした店と違い二階は整頓していたから、大した手間ではなかったらしい。

それよりも吾郎は、片付けでさんざん動き回っていた利々子の匂いに股間が熱くなってしまった。

「卓郎君は今日退院のようです」

「ああ、さっき会ってきた。ジムを辞めて好きに生きるらしい」

「やはり毒物も自分で調達を？」

「もう済んだことだ。それより一段落したなら奥の寝室に」

「まあ、さっきしたばかりなのに」

言うと利々子が呆れて答えた。

間に恵利香ともしているが、もちろん彼女に言う必要はない。

二階はリビングに彼の寝室、あとは狭いキッチンとバストイレだけだ。

とにかく吾郎は、さっきより汗ばんでいる利々子の手を引いて奥の寝室に入ろうとした。しかし、その時である。

「御免下さい」

ドアがノックされ、男の声がした。

「誰だ、こんなときに」

苛《いら》つきながら吾郎がドアを開けると、何と卓郎ではないか。

「お前か、どうした」

「せ、先生の弟子になりたくて、どうかお願いします！」

卓郎がレンズ越しに思い詰めた眼差しを向け、深々と一礼して言った。

利々子も驚いて彼を見ていたが、やがて卓郎は顔を上げ、彼女を見るなり一瞬でうっとりした眼差しになった。

どうやら惚れやすい、いや、女性なら誰でも良いという顔つきである。

「ああ、いま忙しいから話は後回しだ。店番をしておれ」

「は、有難うございます！」

吾郎が言って店の鍵を渡してやると、卓郎は感激の声でもう一度頭を下げ、いそいそと階段を下りていった。

「や、雇うんですか？」

「どうなるか分からんが、エロ本の番にはちょうど良いだろう。さあ」

吾郎はドアをロックし、利々子を促して寝室に入った。

さすがに、日に三度目の射精となると体が心配だが、吾郎自身はお構いなしにピンピンに突き立っている。

作務衣と下着を脱いで全裸になると、利々子も脱ぎはじめてくれた。渋々、というよりも、さっきの大快感が忘れられないのかも知れない。

妹のこんな状況を、あの強そうな兄のゴリラ刑事が見たら、一体どんな顔をすることだろうか。

やがて一糸まとわぬ姿になった利々子がベッドに横になると、

「ああ、汗ばんでるのに……」

声を潜めて言った。やはり階下にいるフェチのオタク男が気になるのだろう。

とにかく吾郎は添い寝し、利々子の腋の下に鼻を埋めた。確かにジットリ汗ばんでいるが、汗の匂いは淡いものである。

「やっぱり、さっきシャワーを浴びたから匂いが薄い。さっきは濃度十段階で七はあったが、今は三ぐらいだ」

「ど、どういう数字なんですか……」

利々子がモジモジと言い、吾郎は彼女の股間に顔を埋め、両脚を浮かせてワレメと尻の谷間に鼻を埋めて嗅いだ。

「ああ、やはり匂いが物足りない。今後、二階のトイレではシャワー付きトイレを禁止しよう。大も小も紙で拭くだけ、昭和の頃はそうだったのだからな」

「む、無理です、そんなこと……」

「家賃を只《ただ》にするのだから、それぐらいしてもらわんと困る」

言いながら吾郎は柔らかな茂みに鼻を擦りつけ、蒸れた熱気を貪りながら舌を這わせていった。

「アア……」

利々子もすぐに喘ぎはじめたが、やはり階下を気にして手で口を押さえた。

吾郎が執拗にクリトリスを舐めると、元々濡れやすいたちなのか、すぐにも愛液が大洪水になってきた。

もちろん尻の谷間も舐め、舌を潜り込ませて粘膜を探り、前も後ろも念入りに味わい尽くした。

「アア、もうダメ、お願い……」

利々子がクネクネと身悶えながら、挿入をせがんできた。

吾郎も身を起こして股間を進めると、正常位で先端を割れ目に擦り付けた。充分にヌメリを与えてから、ゆっくり挿入していくと、ヌルヌルッと滑らかに根元まで吸い込まれていった。

「あう、すごい……」

根元まで貫かれた利々子が、キュッと締め付けて呻いた。

本来の吾郎は、女上位で美しい顔を仰ぎ見るのが好きなのだが、正常位は動きがセーブできるという利点もある。

彼は股間を密着させると、心地よい温もりと感触を味わいながら、脚を伸ばして身を重ねていった。

すぐにも利々子が下から両手を回してしがみつき、彼は屈み込んで左右の乳首を味わった。すると待ち切れないように、彼女がズンズンと股間を突き上げはじめたのだ。

吾郎も合わせて腰を突き動かし、肉襞の摩擦に高まっていった。

上からピッタリと唇を重ねると、利々子もすぐに舌を触れ合わせ、クチュクチュとからみつけてくれた。

吾郎は利々子の上の歯の内側や、下の歯並び、引き締まったピンクの歯茎まで執拗に舐め回した。下向きだから唾液が垂れるが、利々子は一向に気にならないように受け入れ、収縮を強めていった。

「アア、すぐいきそう……」

利々子が口を離し、顔を仰け反らせて喘いだ。熱く湿り気ある吐息を嗅ぐと、甘い花粉臭に淡いハッカ臭が混じっていた。どうやら歯磨きしてしまったらしい。

「ハッカの匂いは嫌いなので、歯磨きの時は何も付けないように」

「そ、そんな……」

「さっきは濃度七だったが、今は二もない」

「そんなに嗅がないで下さい、恥ずかしいのに……」

「空気を呑み込んでゲップをしてみて。胃の中の匂いも嗅ぎたい」

「無理ですってば……」

利々子は答えたが、律動が続いているのでたちまち絶頂が迫ってきたらしい。

もう吾郎も無駄口を叩かず、美女の吐息を間近に嗅ぎながら、いつしか股間をぶつけるように激しく動きはじめていた。

「アア、い、いっちゃう……！」

利々子が収縮を活発にさせて喘ぐと、吾郎もフィニッシュを目指して激しく腰を突き動かした。

しかし、その時である。腰にグキッと激痛が走ったのである。

「あが……、こ、腰が……！」

「だ、大丈夫ですか……」

吾郎が呻いて硬直すると、利々子も絶頂寸前になりながら、下から心配そうに言ったのだった。

第二話　三つ巴の秘蜜

1

「こら、タク、少しは掃除しろ。クズ籠がザーメンティッシュで溢れてるじゃねえか！」

「す、済みません……」

吾郎が居候の卓郎に怒鳴ると、黒縁メガネの彼は童貞の巨体を縮めて答えた。

滅多に客は来ないから、卓郎は店のエロ本を開いてはオナニー三昧の日々を送っているのだ。

ここは犬神堂、階下は古書や骨董が所狭しと並べられ、帳場の奥はバストイレにキッチン、寝袋で寝られるほどのスペースがある。

ここに二十五歳で独身の小田卓郎が住んで、店番をしていた。

オーナーでやはり独身、六十歳半ばになる犬神吾郎は二階に住居があるが、彼が大学で性心理学の教授時代の教え子、吉井利々子が『リリイ探偵事務所』の看板を掲げ、リビングを占領していた。

「誰も客がいない時なら、せんずりかくのは良いが本を汚すなよ」

「わ、分かってます。大切に扱ってますので」

卓郎はペコペコと頭を下げた。親から勘当同然に追い出され、他に行くところがないのである。

「おや？　二階に客が来たようだ」

店の隣の階段を上がる足音を聞いた吾郎が呟くと、少し経ってベルが鳴った。

それは二階にいる利々子が吾郎を呼ぶときの合図だ。

「じゃ二階に行くので店番をしておれ」

「僕が行きましょうか」

「お前は来なくていい」

二階の利々子に片思いしている卓郎が言ったが、吾郎はそう言い置いて店を出ると階段を上がっていった。

二階の部屋に入ると、応接セットに利々子と一人の女性が向かい合って座っている。

「先生、私すぐ出ないとならないんです。人捜しのご依頼ですが、代わりにお話を聞いてあげて下さい」

二十三歳の利々子が言う。ショートカットで巨乳、気の強そうな美形で卓郎のモーションなど何とも思っていない。

「どうした」

「兄から電話で、殺人事件の方に行かないとなりません」

利々子が答える。彼女の兄の剛太は巡査部長の刑事で、何かと勘の働く妹を呼んでは意見を聞きたがるのだ。

ミステリー好きの利々子は、人捜しなどより本格的な事件に行きたくて、それで吾郎に押し付けたのだろう。

「それじゃお願いします」

利々子はそう言い、部屋を出て行ってしまった。困った探偵だと思いながらも、客がとびきりの美女なので、吾郎も気を取り直して向かいに腰を下ろした。

まだ三十前だろう、セミロングの黒髪になかなかのプロポーションだが、伏し目がちで大人しげなタイプである。

「あの、リリイさんの師匠ということですが」

彼女が目を上げ、作務衣姿にスキンヘッド、丸メガネの彼を見て言った。

「うん、とにかくお話を聞こうか」

吾郎は言い、テーブルに置かれた中込用紙に目を通した。

彼女は二十九歳で、名は三条美雪《さんじょうみゆき》。仕事は自宅マンションでパッチワークの制作をしているらしい。

「夫と、双子の姉である香織《かおり》が失踪してしまいました。こんなこと今まで決してなかったのに……」

「ははあ」

良くある話だと吾郎は思った。

男としては、妻そっくりな姉にも手を出したくなることだろう。

まして話を聞くと、派遣社員をしている姉の香織も同居しているということである。

美雪の夫の名は正也《まさや》、結婚半年で二人に子はなく、彼は婿養子で失職中、今はハローワーク通いらしい。

そして二人が失踪して一週間になるが、まだ警察には届けていないようだ。

透けるように色白の美雪は消え入りそうな声で言い、顔は似ているが香織の方は正反対で、かなり活発な性格らしい。

それなら、なおさら男は両方味わいたくなるものだ。

「行くような場所に心当たりは？」

「特に……、夫は家出同然で飛び出したので実家とは没交渉ですし、私の二親も亡くなりました」

美雪が言う。どうやら遺産でマンションを買い、パッチワークだけでも充分に暮らしていけるようだった。作品の評判も良く、知り合いの洋品店に置いてもらっているらしい。

今日も店へ品物を置きに行った帰りで、警察に相談しようか迷っているときに探偵事務所の看板を見たと言う。

「じゃ、それほど広範囲を捜さなくても、近くのラブホかウイークリーマンション・ンにいるんじゃないかな。儂は犬並みに鼻が利くからね、すぐ捜し出せるよ」

「よろしくお願いします」

美雪が頭を下げて言う。

「その前に、匂いを嗅がせてね。双子の姉妹でも微妙に違うだろうから、まず君の匂いを記憶しておかないと。それから君のマンションに行って、お姉さんの匂いを覚える」

吾郎は、正也の匂いのことは言わなかった。

どうせ香織を捜せば正也もいるだろうし、男の匂いなど覚えたくもない。

「ほ、本当に匂いで捜すんですか……」

美雪が目を丸くした。

「ああ、警察犬にも勝ったんだからね。ではこっちへ来て」

吾郎は言って立ち上がり、彼女を奥の寝室に招いた。セミダブルベッドが据えられ、早くも吾郎の股間は痛いほど突っ張ってきた。

「じゃ、全部脱いでね」

「でも……」

「早く旦那とお姉さんを捜したかったら、言う通りにしなさい。警察の捜索願いなんか、事件性のない成人同士の失踪だから何もしてくれないからね」

吾郎が言うと、美雪も意を決したように小さく頷き、ノロノロと清楚な服を脱ぎはじめてくれた。

ブラウスとスカートを脱ぎ去っていくと、甘ったるい匂いが生ぬるく立ち籠めた。

彼女が警戒するので、まだ吾郎は脱がずに見守った。

やがて下着姿になってためらう美雪も、彼に促されて最後の一枚まで取り去った。

「じゃ仰向けに寝てね」

ベッドを指して言うと、美雪も仰向けになってくれ、吾郎は見事な肢体を観察した。

着痩せするたちなのか、着衣ではほっそり見えたが、形良い豊かな乳房が息づき、腰のラインもほど良い肉づきだった。

美雪が目を閉じて神妙にしているので、吾郎も手早く作務衣を脱いで全裸になった。

2

「じゃ、じっとしててね」

吾郎は言い、まず美雪の足裏に顔を押し当て、舌を這わせながら縮こまった足指の間に鼻を割り込ませて嗅いだ。

指の股は汗と脂にジットリ湿り、ムレムレの匂いが濃く沁み付いていた。

「昨夜入浴したきりで、今日は朝から歩き回っていたんだね」

吾郎は呟き、充分に蒸れた匂いを嗅いでから爪先にしゃぶり付き、順々に指の股に舌を割り込ませて味わった。

「あう……、何を……！」

美雪が驚いたように言い、ビクリと反応したが激しく拒みはしなかった。

吾郎は両足ともしゃぶり尽くし、味と匂いを堪能した。

そして股を開かせ、脚の内側を舐め上げていった。白くムッチリした内腿をたどり、股間に迫ると、丘に煙る恥毛が程よい範囲に茂っている。

表面はまだ淡い湿り気があるだけだが、割れ目からはみ出した陰唇を左右に広げると、ピンクの柔肉がヌメヌメと愛液に潤っているではないか。

膣口が細かな襞を収縮させて息づき、小さな尿道口も確認、包皮の下からは小指の先ほどのクリトリスがツンと突き立っている。

彼は熱気に誘われるように顔を埋め込み、柔らかな恥毛に鼻を擦りつけて嗅いだ。

生ぬるく蒸れた汗とオシッコの匂いが悩ましく鼻腔を刺激し、さらに両脚を浮かせ、尻の谷間の可憐な蕾にも鼻を押し付けて嗅いだ。こちらは蒸れた汗の匂いだけだが、舌を這わせて襞を濡らし、ヌルッと潜り込ませて滑らかな粘膜を探ると、

「あう……！」

美雪が呻き、キュッときつく肛門で舌先を締め付けてきた。

吾郎は舌を蠢かせ、充分に味わってから脚を下ろし、割れ目に鼻と口を押し付けていった。そして蒸れた匂いを吸い込みながら舌を這わせ、淡い酸味のヌメリの満ちる膣口をクチュクチュ掻き回し、ゆっくりとクリトリスまで舐め上げると、

「アアッ……、い、いい気持ち……」

美雪が熱く喘ぎ、すっかり我を忘れたようにクネクネと身悶えはじめた。

愛液の量も増し、彼は両頰をムッチリと内腿に挟まれながら味と匂いを堪能した。

舌先で弾くように、チロチロと小刻みにクリトリスを舐め続けていると、

「ダ、ダメ、いきそう……！」

美雪が声を上ずらせ、激しく嫌々をした。

やはり人妻として、舐められて果てるより一つになりたいのだろう。

吾郎も舌を引っ込めて美雪の肌を這い上がり、形良い乳房に顔を埋め込んでいった。

乳首に吸い付いて舌で転がし、顔中で膨らみを味わうと、

「アア……」

美雪が喘ぎ、胸元や腋から甘ったるい匂いが漂った。

左右の乳首を充分に含んで舐め回し、さらに腋の下にも鼻を埋め込んでいった。

スベスベの腋はジットリと湿り、何とも甘ったるい濃厚な汗の匂いが沁み付いていた。

吾郎はうっとりと胸を満たしながら、彼女の股間に勃起したペニスを押し付けていった。すると、美雪がビクリと身じろぎ、

「ど、どうか入れないで下さい……」

「え？　充分に濡れてるし、僕はパイプカットしてるから大丈夫だよ」

「でも、挿入はダメです。その代わり、お口でなら……」

美雪が懇願した。

まあ、貞操の範囲は女性それぞれに個人差があるだろうから、彼も無理強いはしない。

「うん、分かった。じゃお口でしてね」

吾郎は答え、先端を割れ目から引き離し、そのままピッタリと唇を重ねていった。

柔らかな弾力と唾液の湿り気を味わい、舌を挿し入れて滑らかな歯並びをたどった。

やがて美雪も歯を開き、チロチロと舌をからめてくれた。

彼女の息で鼻腔を湿らせ、生温かな唾液に濡れた滑らかな舌を味わいながら、指でクリトリスを探ると、

「アアッ……！」

美雪が息苦しそうに口を離し、熱く濃厚な吐息で喘いだ。甘酸っぱい匂いに淡

いオニオン臭の混じった刺激が悩ましく胸に沁み込んできた。

「ああ、いきそう。じゃお口でしてね」

すっかり高まった吾郎が言って添い寝すると、入れ替わりに美雪が身を起こし、移動して顔をペニスに迫らせてきた。

「指かベロでいかせてあげる」

「私はいいんです」

言うと美雪は答え、すぐにも張りつめたペニスにしゃぶり付いてきた。

あるいは夫以外の前で果てるのに、激しい抵抗があるのかも知れない。

それならそれで仕方ないと、吾郎は身を投げ出して快感に専念した。彼は、挿入だろうと口だろうと指だろうと、射精出来ればそれで良いのである。

美雪は、大股開きになった彼の股間に腹這い、粘液の滲む尿道口を舐め回し、そのままスッポリと喉の奥まで呑み込んでいった。

そして幹を丸く口で締め付けて吸い、熱い息を股間に籠もらせながら、中で舌をからませた。たちまち彼自身は生温かな唾液にまみれ、絶頂を迫らせて震えた。

「ああ、気持ちいい……」

吾郎が喘ぎ、ズンズンと股間を突き上げると、先端がヌルッとした喉の奥に触れた。

「ンンッ……」

美雪が眉をひそめて呻き、自分も顔を上下させ、濡れた口でスポスポとリズミカルな摩擦を開始してくれた。

たまに歯が当たるのも新鮮な刺激だが、人妻の割りには愛撫がぎこちない。夫は淡泊で、あまりしていないのかも知れない。

とにかく吾郎は高まり、初対面の美人妻の口の中で昇り詰めてしまった。

「い、いく、気持ちいい……！」

吾郎は絶頂の快感に口走り、ドクンドクンと熱い大量のザーメンを勢いよくほとばしらせた。

「ク……、ンン……」

喉の奥を直撃された美雪が噎せそうになって呻き、それでも出しきるまで吸引と摩擦、舌の蠢きは続行してくれた。

やがて出しきると、彼はすっかり満足して力を抜き、彼女も動きを止めて、口の中に溜まったザーメンをゴクリと一息に飲み干してくれた。

「あう……」

喉が鳴ると同時にキュッと口腔が締まり、彼は駄目押しの快感に呻いたのだった。

3

「では、どうぞ。お入り下さい」

美雪が、駅近くにあるマンションに吾郎を案内して言った。

あれからシャワーを浴び、吾郎は卓郎に留守を頼んで、美雪と一緒に犬神堂を出て来たのだ。

美雪の住まいに入ると、中は2LDK。

一室は夫婦の寝室でダブルベッドが置かれ、壁には夫のものらしい背広が掛かっている。もう一部屋は、美雪がパッチワークする仕事場だったが、姉の香織が転がり込んできてからは明け渡し、美雪はリビングで制作しているようだ。

リビングには布や裁縫セットが置かれ、香織の部屋には黒い革のコートや化粧台などがある。

「これが姉の香織です」

美雪が携帯を出して見せた。なるほど、確かに顔立ちは似ているが、香織はボブカットで派手な服、きついメイクの美女だった。

「夫の写真は何もないのですが」

「ああ、男はドーデモいい」

吾郎は答え、部屋の中を歩き回った。

「あまり匂いが残ってないな」

「ええ、散らかっていたので、いつ二人が帰っても良いように大掃除しました」

言うと美雪が答える。洗濯機の中やトイレの汚物入れも美雪のものだけで、香織の匂いのするものがないのだ。

ふと、夫婦のベッドが気になり、枕元の引き出しを開けると、何とペニスを模したバイブが入っているではないか。

「あ、それは……!」

美雪が驚き、慌ててバイブを引き出しにしまった。夫が失踪してから、これで自分を慰めていたのだろうか。

とにかく吾郎は室内を隅々まで検分し、

「では捜索に行って来ますが、今日はずっと家にいますか。午後にまた来ますので」

「分かりました。もう外出の予定はないです」

言うと美雪が答えたので、それで吾郎はマンションを引き上げてきた。

途中、昼飯の牛丼を二つ買って犬神堂に戻ると、卓郎がカップラーメンをすすっていた。

「何だ、食ってるなら牛丼は儂が二つ食う」

「あ、食います食います」

言うと卓郎が巨体を乗り出して袋を奪った。吾郎は茶を二つ淹れ、二人で牛丼を食いはじめた。

「先生はパイプカットしてるそうですが、快感や出る量に変わりはないんですか？」

食いながら卓郎が訊いてくる。

「ああ、手術は痛いけど、快感も量も変わりないよ」

「精子はどこへ行くんですか」

「全て体内に吸収される」

「ははあ、それでいつもツヤツヤしてるんですね。でも精子が含まれていないと、孕《はら》ませるんじゃないかというスリルや、顔面発射の時の凌辱感が少ないのでは？」

「なーにをクソ生意気なことを言っとるか。お前はまず童貞を卒業しろ。リリイは無理だから他の女性に目を向けるんだ」

「はあ、確かにリリイさんは綺麗だけど何か恐いし、ゴリラみたいな兄貴も強そうな刑事だから……。せめてリリイさんの唾とかオシッコとかもらえないでしょうか」

「自分で頼め」

吾郎は答え、牛丼を食い終わって茶をすすった。

「また出かけるからな」

「依頼は解決したんですか？」

「お前は探偵事務所とは関わらんで良い。店番だけしておれ」

吾郎は言い、犬神堂を出ると、いったん二階へ上がり、歯磨きとシャワーを済ませた。

そして利々子にメールすると、すぐに電話で返信があった。

『どうですか、美雪さんの依頼は』

「ああ、そっちが済めば、解決のため合流したいんだ」

『ええ、こちらはあっさり犯人が逮捕されて、いま兄に昼食を奢《おご》ってもらったところです』

「じゃすぐ来てくれ。駅前で会おう」

吾郎は言い、携帯を切るとすぐ外に出た。

駅前に行くと、間もなく利々子も小走りにやって来た。

「もう解決なんですか？」

利々子が息を弾ませて言う。

「あ、コロッケ定食か」

「まあ……！」

吾郎が言うと、利々子は慌てて口を押さえた。外だったから、昼食後のケアもしていないのだろう。

「兄の奢りだから安い食堂で……」

「ああ、とにかく行こう」

吾郎はマンションに向かい、道々利々子に美雪に関する説明をした。

そしてマンションに着き、チャイムを鳴らすとドアが開き、美雪が迎え入れてくれた。

「まあ、リリイさんも……」

「ええ、お邪魔します」

利々子が答え、一緒に上がり込んだ。

「じゃリリイはお姉さんの部屋で調べ物をするので、儂と美雪さんは寝室へ」

吾郎は言い、利々子が別室に入ると、彼は美雪と一緒に夫婦の寝室に入った。

そして吾郎は、手早く作務衣を脱ぎはじめたのだ。

「な、何をするんです」

「ここでエッチをする。口内発射じゃなく、ちゃんと挿入すれば全て解決だ」

「そ、そんな、どうして……」

「まあ儂に任せなさい」

「だって、利々子さんも来ているのに」

「大丈夫。どうか信じて」

勃起した幹をヒクヒクさせながら美雪のブラウスに手をかけると、彼女も半信半疑ながら、途中から自分で脱ぎはじめた。

吾郎の持つ淫らなオーラに圧倒され、それにやはり、さっき舐められた快感が、まだくすぶっているのだろう。

互いに全裸になると、吾郎は彼女をベッドに横たえ、股間に顔を埋め込んだ。

さっき犬神堂の二階でシャワーを浴びてしまったので、すっかり匂いは淡くなっていたが、それでも舐めると愛液が溢れ、たちまち舌の蠢きがヌラヌラと滑らかになってきた。

「アア……」

美雪も、すっかり朦朧となって喘ぎ、クネクネと身悶えはじめた。

すると、そのとき誰かが寝室に入ってきたのである。

見ると、全裸の上から黒い革のコートを羽織った、濃いメイクでボブカットの美女が立っているではないか。

それを見た美雪が目を丸くした。

「か、香織？　そんなバカな……！」

美雪が凍り付いて言うと、香織はベッドに近づき、コートを脱ぎ去って全裸になった。

4

「だ、誰なの……？」

「リリイだよ。香織メイクをしてもらっただけ。たまに君がしているように」

吾郎は美雪に答え、彼は仰向けになって身を投げ出した。

「とにかく、膣感覚で絶頂に達すれば、全ての妄想から醒めて解決だ」

吾郎は言い、二人の顔を胸に抱き寄せた。

すでに言い含められている利々子は彼の乳首を吸い、舌を這わせてくれ、美雪も圧倒されながら同じように舐めはじめてくれた。

「ああ、気持ちいい、嚙んで……」

吾郎が言うと、二人も左右の乳首を甘く嚙んだ。

「わひひひ、もっと強く……」

吾郎は甘美な刺激に身悶えて喘ぎ、何やら本当に双子の姉妹に愛撫されている気になって高まった。利々子もコロッケ臭はするが、濃いメイクとボブカットのウイッグで別人のようである。

「足もしゃぶって。シャワー浴びたばかりで綺麗だからね」

吾郎が言うと、二人も彼の肌を舐め降り、左右の爪先にしゃぶり付いてくれた。

指の股も厭わず舌を割り込ませてくれ、彼は生温かなヌカルミでも踏んでいるような心地で、二人の舌を足指で挟み付けた。

さらに両脚を浮かせ、自ら両手で尻の谷間を広げると、先に利々子が舐めてくれ、ヌルッと舌を潜り込ませてくれた。

「あう、いい……」

吾郎は妖しい快感に呻き、味わうようにモグモグと肛門で利々子の舌先を締め付けた。

利々子が舌を離すと、美雪も同じようにしてくれ、彼は微妙に異なる舌の温もりと感触を味わった。

脚を下ろすと、まるで二人は申し合わせたように頬を寄せ合って股間に迫り、同時に陰嚢にしゃぶり付いた。

それぞれの睾丸が舌で転がされ、股間には混じり合った息が熱く籠もった。

そしてせがむように幹を上下にヒクつかせると、二人も前進し、肉棒の裏側と側面を同時に舐め上げてきた。

滑らかな舌が先端まで来ると、やはり先に利々子が粘液の滲む尿道口を舐め回した。美雪より年下なのに、まるで姉として手本を示しているようである。

そのままスッポリと喉の奥まで呑み込むと、吸い付きながら舌をからめ、やがてスポンと引き離した。

もうためらいなく美雪も、利々子の唾液に濡れているのも構わずしゃぶり付いてくれた。これも立て続けだから、微妙に異なる温もりと感触に彼は高まった。

「い、いきそう。美雪さんが跨いで入れて」

吾郎が言うと二人はペニスから顔を離し、いよいよ美雪も覚悟を決めたように、身を起こして前進してきた。

「リリイは足をこっちへ」

吾郎は仰向けのまま言い、身を起こした利々子の足首を摑んで鼻に引き寄せ、足指の股に籠もったムレムレの匂いを貪った。

「あう、歩き回って汚いのに……」

利々子が呻き、美雪は彼の股間に跨がって、先端に濡れた割れ目を押し当ててきた。

ゆっくり腰を沈めると、張りつめた亀頭が潜り込み、あとは潤いと重みでヌルヌルッと根元まで受け入れていった。

「アァッ……！」

美雪が顔を仰け反らせて喘ぎ、ピッタリと股間を密着させると、キュッときつく締め上げてきた。

吾郎も熱いほどの温もりと締め付けに包まれ、快感を味わいながら利々子の両足とも全ての指の股を貪り尽くした。

そして利々子には顔を跨がせ、茂みと割れ目に鼻と口を密着させた。

「ああ、匂いが濃くて嬉しい」

吾郎が嗅ぎながら真下から言うと、利々子は羞恥に呻き、逆にギュッときつく顔に座り込んできた。

「あう……！」

彼は汗とオシッコの蒸れた匂いを貪り、舌を這わせて溢れはじめた蜜を味わった。

充分に嗅いでからクリトリスを舐め、尻の真下にも潜り込んで薄桃色の蕾に籠もる蒸れた匂いを嗅いだ。舌を這わせ、ヌルッと潜り込ませると、

「く……、ダメ……」

利々子が呻き、キュッときつく肛門で舌先を締め付けてきた。

その間、美雪は前にいる利々子の背にもたれかかりながら、徐々に腰を上下させはじめたのだ。

溢れる愛液で、動きはすぐにも滑らかになり、幹が心地よく摩擦された。

やがて利々子の前も後ろも味わい尽くすと、吾郎は彼女を添い寝させた。

すると美雪が身を重ねてきたので、彼は二人分の乳首を順々に含んで舐め回し、それぞれの膨らみを顔中で味わった。

さらに利々子の腋の下にも鼻を埋め込み、濃厚に甘ったるい汗の匂いに噎せ返った。

次第に美雪の動きが早まり、膣内の潤いと収縮が増してきた。

吾郎もズンズンと股間を突き上げながら絶頂を迫らせ、二人の顔を引き寄せて三人いっぺんに唇を重ねた。

それぞれの舌を舐め回し、生温かく混じり合った二人分の唾液をすすり、うっとりと喉を潤した。

「アア……、いきそう……」

美雪が口を離し、淫らに唾液の糸を引いて喘いだ。

吾郎は二人分の入り交じった吐息を嗅ぎ、うっとりと酔いしれながら突き上げを強めていった。美雪のオニオン臭と利々子のコロッケ臭が鼻腔でミックスされ、悩ましい刺激となって胸に沁み込んだ。

「あう、いく、気持ちいい……！」

とうとう吾郎は絶頂の快感に全身を貫かれて口走り、ありったけの熱いザーメンをドクンドクンと勢いよく美雪の中にほとばしらせてしまった。

「あ、熱いわ、すごい……、アアーッ……！」

奥深い部分に直撃を受けた途端、美雪もオルガスムスのスイッチが入ったように声を上げ、ガクガクと狂おしい痙攣を開始した。

(やはり、バイブは射精しないから、これが最高だったんだろうな……)

吾郎は思い、心ゆくまで快感を味わった。

膣内の収縮も最高潮になり、やがて彼が最後の一滴まで出し尽くし、徐々に突き上げを弱めていくと、

「アア……」

美雪も動きを止めて喘ぎ、力尽きたようにグッタリともたれかかってきたのだった。

まだ収縮は続き、刺激された幹が中でヒクヒクと過敏に跳ね上がった。

吾郎は二人の美女の吐息を嗅ぎながら、うっとりと余韻を味わったのだった。

5

「ああ、こんなに良かったの初めて……」

美雪が遠慮なく吾郎に体重を預けて言い、やがてそろそろと股間を離し、利々子とは反対側に添い寝してきた。

「さあ、これで全て解決」

「どういうことですか……」

吾郎が呼吸を整えながら言うと、美雪が息を弾ませて訊いてきた。

「美雪さんは、最初から一人きりだったんだ。両親を亡くし、天涯孤独で引き籠もっていた。もちろん夫も姉もいない。それは、この部屋に入って君以外の匂いが一切しないことで分かった」

そう、いかに大掃除しようとも、同居人がいれば何らかの匂いが残っているはずである。それが寝室の背広にも、香織の部屋のコートやウイッグからも、美雪の匂いしか感じられなかったのだ。

「そこで処女の君はバイブを手に入れ、挿入でのオルガスムスを知ったが、生身の男とするには恐怖が先に立った」

吾郎は余韻に浸りながら言う。

美雪のバイブを嗅いだとき、先端に微かな破瓜《はか》の血の匂いが残っていたのだ。

フェラチオがぎこちなかったのも、人妻ではなく処女だったのだから仕方がない。

「そこで正也という夫がいるという妄想に取り憑かれ、ダブルベッドに背広を購入。たまに男装もしていたんだろうね。さらにライバルで、自分と正反対のタイプである双子の姉、香織が妄想に登場してくる」

吾郎が話していると、左右に添い寝した利々子と美雪がじっと耳を傾けていた。

「そして君は、姉や夫に扮装し、三人で暮らしているという妄想に取り憑かれた。全く珍しい、三重人格といったところか」

「三重……」

美雪がか細く呟いた。

「しかし、パッチワークの評判が上がり、店へ納めるため徐々に外に出るようになった。引き籠もりが治まってくると、妄想が覚めはじめ、まずは二人が失踪したと思い込んでしまった」

「……」

美雪も利々子も神妙に訊いている。

「だから荒療治だが、生身の男が挿入し、奥深い部分に噴出を感じ、本当のオルガスムスが得られた途端に、君は全ての妄想から解き放たれたんだ」

「た、確かに、私には夫も姉もいません……」

「ああ、それでいい。あとは色んなお洒落をして外に出れば、やがて本当に良い男と巡り会えるだろう」

吾郎が言うと、利々子が呟くように言った。

「それにしても、こんなに綺麗なのに今まで処女だったなんて」

「私、本当に引っ込み思案だったから……」

美雪が答え、その貴重な処女を奪った吾郎は、またもやムクムクと回復していった。

「何だかスッキリしました。本当に有難うございます。あの、代金の方は」

「ああ、抱かせてもらったから只でいいよ」

「せ、先生……」

利々子が言ったが、自分は何もしていなかったし、まだ依頼から半日しか経っていないのだからと口を閉ざした。

「じゃシャワー浴びようね」

吾郎が言って起き上がると、二人も身を起こしてベッドを降り、三人でバスルームへ移動した。

シャワーの湯で股間を洗い流すと、吾郎は狭い洗い場の床に座って、左右に二人を立たせた。そして左右の肩を跨がせ、顔に股間を突き出してもらった。

「オシッコ出してね」

彼が二人の太腿を抱えて言い、左右の割れ目に舌を這わせた。

「あう、そんなこと……」

美雪が声を震わせたが、利々子が下腹に力を入れて尿意を高めはじめたようなので、自分も慌てて息を詰めた。

やはり後れを取ると、かえって注目されて羞恥が増すと思ったのだろう。

それぞれの割れ目を交互に舐めていると新たな愛液が溢れ、先に利々子の柔肉が迫り出すように盛り上がり、温もりと味わいが変化してきた。

た。

「あう、出ちゃう……」

利々子が息を詰めて言い、間もなくチョロチョロと熱い流れがほとばしってき
吾郎は嬉々として舌に受けて味わい、うっとりと喉に流し込んだ。

「く……」

すると美雪が呻き、ようやくか細い流れを滴らせてきた。

そちらにも向いて口に受け、飲み込みながら甘美な悦びで胸を満たした。

どちらも味と匂いは淡いものだが、二人分となると鼻腔が刺激され、片方を味わっている間も、もう一人の流れが温かく肌に注がれていた。

吾郎は代わる代わる味わいながら、全身に温かなシャワーを浴び、ピンピンに回復していった。

やがて勢いが弱まると、二人の流れは治まってしまった。吾郎は余りの雫をすすり、充分に残り香を味わって二人の割れ目を舐め回した。

「も、もうダメ……」

立っていられないように美雪が言って座り込み、利々子も股間を離した。

もう一度シャワーを浴び、身体を拭いて三人は全裸でベッドに戻った。

「もう一度、絶頂を味わってみたいです」

「いいよ、じゃ舐めて濡らしてからね」

美雪が言うと、吾郎は答えながら仰向けになり、すっかり元の硬さと大きさを取り戻したペニスを震わせた。

美雪が屈み込み、張りつめた亀頭にしゃぶり付くと、吾郎は添い寝した利々子を抱き寄せて唇を重ね、ネットリと舌をからめた。

美雪はスッポリと喉の奥まで呑み込み、吸い付きながら念入りに舌をからめてペニスを濡らした。

吾郎は快感に幹をヒクつかせながら、注がれる利々子の唾液でうっとりと喉を潤した。

やはり美女が二人いるというのは、何とも贅沢なことである。

「入れてもいいですか」

充分に唾液にまみれさせると、美雪が口を離して言った。

「いいよ、跨いで入れて。リリイはバイブ入れる？」

「私はいいです」

口を離して言うと、利々子が答えた。

まあ利々子とは、帰ってからゆっくりすれば良い。

やがて美雪が跨がり、先端に割れ目を押し当て、ゆっくり座り込んでいった。

6

「アアッ……、いい……！」

ヌルヌルッと根元まで滑らかに受け入れると、美雪が股間を密着させ、顔を仰け反らせて喘いだ。

吾郎も肉襞の摩擦と締め付け、潤いと温もりに包まれて快感を味わいながら、彼女を抱き寄せ、両膝を立てて尻を支えた。

そして美雪の顔を引き寄せ、添い寝している利々子の顔も迫らせると、また三人で舌をからめた。

ズンズンと股間を突き上げはじめると、

「ンンッ……！」

美雪が熱く呻き、合わせて腰を動かしはじめた。処女を失ったばかりでもバイブの挿入に慣れているから、すぐにも動きが滑らかになり、互いの律動がリズミカルに一致した。

ピチャクチャと淫らに湿った摩擦音が聞こえ、溢れた愛液が陰嚢の脇を生温かく伝い流れて彼の肛門まで濡らしてきた。

「唾をいっぱい出して」

言うと利々子が形良い唇をすぼめ、白っぽく小泡の多い唾液をトロトロと吐き出してくれた。

それを口に受けると、美雪も懸命に唾液を分泌させ、顔を寄せてクチュッと垂らしてくれた。

吾郎は二人分の生温かなシロップを味わい、うっとりと喉を潤した。

「顔中もヌルヌルにして」

股間を突き上げながらせがむと、二人も舌を這わせ、彼の鼻の穴や頬を舐め回してくれた。舐めると言うより、吐き出した唾液を舌で塗り付ける感じで、たちまち彼の顔中は美女たちの唾液でヌルヌルにまみれた。

「ああ、気持ちいい……」

吾郎は二人分の匂いと唾液のヌメリ、摩擦快感に高まって喘いだ。

二人の口に鼻を押し込んで嗅ぐと、やはり徐々に唾液で洗われたか、利々子のコロッケ臭と美雪のオニオン臭が薄れ、それぞれ本来の花粉臭と果実臭に戻り、混じり合って鼻腔が悩ましく刺激された。

「い、いっちゃう、気持ちいいわ……！」

たちまち美雪が切羽詰まった声を弾ませ、収縮と潤いを強めてきた。

さらに吾郎が強く突き上げると、

「いく……、アアーッ……！」

美雪が喘ぎ、ガクガクと狂おしいオルガスムスの痙攣を開始した。

その収縮に巻き込まれ、吾郎も激しく昇り詰めてしまった。

「く……！　気持ちいい……」

突き上がる快感に口走り、彼はありったけの熱いザーメンをドクンドクンと勢いよくほとばしらせた。

「あう、熱いわ、もっと……！」

奥に噴出を感じた美雪が、駄目押しの快感を得て呻き、吾郎も快感を味わいながら、心置きなく最後の一滴まで出し尽くしていったのだった。

「ああ、良かった……」

吾郎はすっかり満足して声を洩らし、徐々に突き上げを弱めていくと、いつしか美雪も力尽きたようにグッタリともたれかかり、荒い息遣いを繰り返していた。

まだ膣内が名残惜しげにキュッキュッと締まり、刺激された幹が中でヒクヒクと過敏に震えた。

「あう、もうダメ……」

美雪も敏感になっているように呻き、幹の震えを抑え付けるようにキュッときつく締め上げてきた。

吾郎は上からの美雪と、横からの利々子の温もりを味わい、二人分のかぐわしい吐息を嗅いで胸を満たしながら、うっとりと快感の余韻に浸り込んでいったのだった。

やがて呼吸を整えると、また三人でシャワーを浴びて身繕いをした。

「じゃ、もう大丈夫だね」

「ええ、お世話になりました」

「たまに犬神堂へ遊びに来るといいよ」

「はい、ぜひ」

美雪が答え、利々子もボブカットのウイッグを返して靴を履いた。

やがて吾郎は、利々子と一緒に美雪のマンションを出たのだった。

「変わった依頼でしたけど、解決が早すぎませんか？」

犬神堂へ向かいながら、利々子が言った。

「早く分かっても何日か引き延ばせば、いくらか請求できたのに」

「ああ、先にリリイが請け負って、何日か失踪した二人を捜していれば引き延ばせたんだ。なのに儂に押し付けて、面白そうな事件に行ってしまったからいけないんだろう」

「まあ確かに、そうですけど……」

利々子が答えたとき、ゴリラ男が駆け寄ってきた。

「利々子、何だ、その派手なメイクは！」

彼女の兄、刑事の剛太である。

「あ、メイクを落とすのを忘れてたわ」

「先生！　妹を変なことに巻き込んでるんじゃないでしょうね」

剛太は、吾郎にも食ってかかった。

「ああ、儂は何もしてないよ。全てリリイの自由意思だ」

吾郎が答えると、剛太は急いで署へ戻る途中だったらしく、

「いいですか、妹には決して手を出さないで下さいよ」

そう言い置いて、足早に立ち去っていった。

「もう何度もしちゃってるけどね」

その後ろ姿に吾郎は呟き、やがて利々子と一緒に犬神堂へ戻った。

店を覗くと、卓郎は抜き疲れたように居眠りしていた。

そのまま放って利々子と二階の部屋へ行くと、吾郎は彼女にしなだれかかった。

「ちょっと、先生、もう何度もしたのに、まだ足りないんですか。お年なのに」

「歳は関係ないよ。それに3Pもいいけど、やっぱり秘め事は一対一の淫靡な密室に限るからね」

吾郎に利々子を奥の寝室に連れ込み、服を脱がせはじめた。

やはり普段のショートカットに濃いめのメイクが、やけにそそるのである。

「待って下さい……」

「どうせシャワーでメイクを落とすんだろうから、その前に一回だけ」

吾郎は言いながら利々子を一糸まとわぬ姿にさせると、自分も作務衣と下着を手早く脱ぎ去って全裸になっていった。

7

「なあ、タクの童貞を奪ってくれないかな」

吾郎はベッドに添い寝し、利々子の乳首をいじりながら言った。

「嫌です。絶対に」

利々子はにべもなく突っぱねた。やはりろくに風呂にも入らない、デブのオタク男は全く好みではないのだろう。

「なんかあいつは、若い頃の儂に似てるから可哀想なんだよ。エッチが無理でも、せめて手か足で抜いてやってくれないか。それをこっそり覗きたいんだ」

「無理です」

「じゃ、ビンに唾やオシッコを入れてプレゼントするとか」

吾郎は言いながら、利々子の割れ目を探り、濡れはじめた愛液を付けた指の腹でクリトリスをいじった。

「それもお断りです、あん……」

感じはじめた利々子が喘ぎ、ビクリと反応した。

「あーあ、可哀想に。また何か変な事件でも起こさなければ良いけど」

吾郎は言いながら顔を移動させ、利々子の股間に顔を埋めると、自分の股間も彼女の鼻先に突き付けた。

利々子も張りつめた亀頭をしゃぶってくれ、互いの内腿を枕にしたシックスナインの体勢になった。

こんなジジイとならしてくれるのに、卓郎は無理というのだから、かなり利々子の好みも変わっているのだろう。

執拗にチロチロとクリトリスを舐めると、

「ンンッ……」

利々子が熱く呻き、息で陰嚢をくすぐりながら反射的にチュッと強く吸い付いてきた。

互いに最も感じる部分を舐め合い、それぞれ激しく高まってきたようだ。

頃合を見て彼は身を起こし、仰向けで大股開きにさせた利々子の股間に先端を進めていった。

そして正常位で、ヌルヌルッと滑らかに膣口に挿入していくと、

「アアッ……！」

利々子がビクッと顔を仰け反らせて喘ぎ、キュッときつく締め付けてきた。

やはり、初対面の美女も良いが、すっかり慣れ親しんだ利々子と一つになるのが、最もしっくりした。

股間を密着させ、身を重ねて彼女の肩に腕を回すと、胸の下で巨乳が押し潰れて心地よく弾んだ。

上からピッタリと唇を重ね、舌を挿し入れてチロチロとからめながら徐々に腰を動かしはじめると、

「ああ……、す、すぐいきそう……」

利々子が口を離して熱く喘いだ。やはりさっきの3Pでは果てていない上、すっかり下地が出来ているのだろう。

吾郎は利々子の喘ぐ口に鼻を押し込み、花粉臭の刺激でうっとりと胸を満たした。

「ああ、もうリリイの匂いと体液がないと生きていけない」

「そんな、女なら誰でもいいんでしょう？」

「そんなことないよ。僕にとっては、目の前にいる女性がこの世で一番」

「それって、誰でもいいと言ってるのと同じです。あん……！」

律動を強めると、利々子も収縮を強めて喘いだ。

「ね、この世でいちばん好きと言って。嘘でもいいから」

「この世でいちばん好きです。嘘ですけど」

リリイが答えると、吾郎はいつしか股間をぶつけるように激しく腰を突き動かしはじめていた。

「ギ、ギックリ腰は大丈夫ですか……」

「わあ、言われると急に心配になってきた。たぶん大丈夫だけど」

吾郎は多少律動をセーブしながらも、心地よい肉襞の摩擦でジワジワと絶頂を迫らせていった。

互いの恥毛が擦れ合い、コリコリする恥骨の膨らみも伝わってきた。

大量の愛液が溢れて互いの股間がビショビショになり、クチュクチュと湿った摩擦音が響いた。

「あう、いい気持ち……！」

利々子が口走り、下から激しく両手でしがみつきながら、ズンズンと股間を突き上げはじめていた。

まさか兄の剛太も、利々子が四十歳以上も年上の吾郎と交わり、こんなに激しく感じて濡れているなど夢にも思わないだろう。

吾郎は彼女の喘ぐ口に鼻を押し込み、熱い花粉臭の吐息と、すっかり淡くなったコロッケ臭、下の歯の内側の悩ましいプラーク臭などを胸いっぱいに貪り嗅ぎながら、激しく昇り詰めてしまった。

「い、いく、気持ちいい……！」

彼は全身を貫く快感に口走り、まだ残っていたかと思えるほど大量のザーメンをドクンドクンと勢いよく膣内に注入した。

「あう、いく……、アアーッ……！」

噴出を感じた途端、利々子も声を上ずらせ、ガクガクと狂おしいオルガスムスの痙攣を開始した。

「あう、締まる……」

吾郎は吸い込むような膣内の蠢動《しゅんどう》と収縮に呻き、心ゆくまで快感を嚙み締め、最後の一滴まで出し尽くしていった。

何とか腰は無事で、彼はすっかり満足しながら徐々に動きを弱め、彼女に体重を預けていった。

「ああ……」

利々子も満足げに声を洩らしながら、力を抜いて肌の硬直を解き、彼の下でグッタリと身を投げ出していった。

まだ息づく膣内でヒクヒクと幹を過敏に震わせ、彼は利々子のかぐわしい吐息を嗅ぎながら、うっとりと快感の余韻を味わったのだった。

「な、何て元気なの……、うちの父よりずっと年上なのに……」

利々子が荒い息遣いで言い、互いの動きが完全に停まっても、何度かビクッと全身を波打たせた。

ちなみに利々子の父親も、吾郎がいた大学の心理学教授であり、吾郎の後輩にあたる。

やがて呼吸を整えると、吾郎はそろそろと股間を引き離し、ゴロリと利々子の横に横たわった。

「ああ、腰が無事で良かった。それにしてもリリイの体は素晴らしい」

すでに射精直後の賢者タイムに入っているが、世辞は忘れない。

「どうして結婚しなかったんです？」

利々子が、枕元のティッシュを引き寄せて訊く。

「男女で一番大事なのは距離感。一緒に暮らすと肉親になってしまい、愛は深まるが性欲が湧かなくなるからね」

「全ては性欲のためなんですか」

利々子が、割れ目を拭いながら訊いた。

「もちろん。射精以上の快感はこの世に無い」

吾郎はそう言い放つと、やがて立ち上がって、また二人でバスルームに入って行ったのだった。

第三話　淫楽のリベンジ

1

「あの、先生、二階へいいですか？」

吾郎が住み込みバイトの卓郎と、古書骨董の店『犬神堂』で昼食の菓子パンを牛乳で流し込んでいると、二階で探偵事務所を開いている利々子が声をかけてきた。

見れば、利々子の隣には、三十歳前後の主婦らしき美女が不安げな顔で一緒にいるではないか。恐らく依頼人だろう。

「いいよ、もう飯は済んだ」

吾郎が答え、牛乳を飲み干して立ち上がると、二十五歳童貞で小太りの卓郎も好色そうに二人の美女を見つめていた。

「あの、僕も二階へ」

「お前は店番しておれ」

吾郎は卓郎に言い置き、一人で店を出た。

卓郎は店の奥の小部屋で寝起きし、店番とはいえ暇だから売り物のエロ本を見ては抜いてばかりの男だ。彼は二十三歳になる利々子を好きなのだが、実際女性なら誰でも良いようで、今も主婦風の美女を熱い目で見つめていた。

やがて吾郎は、三人で店の横にある階段を上がって二階の部屋に入った。

吾郎は奥の寝室で暮らしているが、利々子がリビングを改装して『リリイ探偵事務所』を開いているのだ。

「こちらは、私が通っている歯科クリニックの中野百合枝《なかのゆりえ》さん」

ソファに差し向かいに座ると、利々子が彼女を紹介した。

百合枝は二十九歳の主婦、結婚二年になるらしい。家は歯科医で、駅近くの診療所と一緒の親との二世帯住宅。婿養子の夫も歯科医で、義父と一緒に診療しているようだ。

「リリイは歯医者に通ってるの？」

「たまにクリーニングするだけです」

「何だ、それぐらい儂がしてやるのに」

「嫌です」

利々子が言い、二人のそんな遣り取りを百合枝が緊張気味に見つめていた。

「これは私の大学時代の心理学教授で、犬神吾郎先生。見た目はアレだけど、頼りになるんです」

「アレとは何だ、アレとは」

六十代半ば、スキンヘッドに丸メガネ、作務衣に身を包んだ巨体を揺すって吾郎は言った。頼りになるというのは、性心理学のみならず、戌年で、その名の通り警察犬にも負けない異常な嗅覚を持っているのだ。

「それで、何か事件かな？」

「元彼に脅されているそうです」

「それならリリイの兄貴の仕事じゃないか」

吾郎は言う。利々子の兄、二十八歳独身の剛太は警視庁の刑事なのだ。

「いえ、警察は困るんです……」

百合枝が俯きながら言った。セミロングの髪にブラウスの胸が豊かで、快楽に目覚めている艶めかしさが漂っていた。

百合枝も衛生士の資格を持っているが、今は子持ちで主婦業に専念しているらしい。

「どうして？」

「元彼に撮られた画像が送られてきたんです。警察に相談すると、多くの人に見られるだろうから……」

百合枝が言い、バッグからケース入りのＤＶＤを取り出した。

「なるほど、リベンジポルノか。で、元彼は何と？」

「このＤＶＤを五百万で買えって」

「ふん、快楽に任せて言われるまま撮らせるのが悪いんだ」

「先生！　知らない間に隠し撮りされていたんですって！」

利々子が横から言った。

「そうか、じゃ仕様がないな。それで、元彼の情報は？」

「勝本雄司《かつもとゆうじ》、交際一年で別れて三年。私より三つ上で今は三十二。元はイベント会社の営業だったけどコロナ騒動で失職。もう携帯も通じず、マンションも引き払ってました」

「なるほど、金に困って脅迫してきたか。家が金持ちなら、それぐらい出せると思ったんだろう」

「このDVDと要求の手紙は、切手の貼ってない封筒でポストに入ってました」

「歩いて入れにきたなら、案外近くに住んでるかもな。とにかく、そのDVDを見よう」

吾郎は言い、DVDをケースから取り出して立ち上がると大型テレビのデッキにセットした。

「あ、あの、やっぱり見るんですか……？」

「そりゃ見ないとね、多くの刑事に見られるよりマシだろう」

ためらう百合枝に言い、吾郎はスイッチを入れた。すると画面が現れ、ベッドにもつれる男女が映し出された。

「奴のマンションか。DVDカメラは本棚の隅というところかな」

吾郎は言い、画面に目を凝らした。百合枝は今より若いが、見事に形良い乳房をしている。男、雄司は薄っぺらな二枚目で痩せ形、それでもペニスは雄々しく勃起している。

そのペニスに百合枝が屈み込み、お行儀悪く音を立てておしゃぶりしていた。

「ああ……」

百合枝が両手で顔を覆って声を洩らし、利々子も吾郎の肩越しから画面を覗き込み、興奮に甘い吐息を弾ませた。

もちろん吾郎は、強烈な画面と百合枝の羞恥反応、利々子の匂いに痛いほど股間が突っ張ってしまった。

やがてペニスから口を離して身を起こした百合枝は、そのまま雄司の上を前進し、女上位で交わっていった。

「アアッ……、いい……」

百合枝が雄司自身を根元まで受け入れ、顔を仰け反らせて喘ぐなり、自ら両手で乳房を揉みしだいた。男も快感に喘いでいるが、たまにチラとレンズの方を向くので、ちゃんと撮れているか気になるようだ。

「も、もうよろしいでしょう。こういうのが延々と、きっと交際中は全て隠し撮りしていたようです……」

百合枝が言い、自分から立ってスイッチを切ると、ディスクを回収してしまった。

利々子が溜息をつき、吾郎も勃起を抑えながら百合枝に向き直った。

「それで、別れ話は？」

「何しろ浮気が多くて、いい加減な性格だと分かってくると、もうイヤになって切り出しました。私も、親に言われて父の弟子である今の夫を婿に迎える話が出ていましたし」

「そうか、それで別れたものの奴は失職し、君が結婚したことも知って自棄《やけ》になったんだろう」

「ええ……」

「じゃ、これから君の家に行こう。さらに手がかりを摑みたい」

言うと百合枝も頷き、やがて三人で駅近くにある歯科クリニックに向かったのだった。

2

「彼からの手紙や写真、もらったものなどは全て処分しています」

百合枝が、二階の部屋に吾郎と利々子を招いて言った。

階下は診療所と両親の住まい、二階に若夫婦が暮らしているようだ。百合枝の母親は階下にいるらしいだが、入り口が別なので、二階に客が来たことは知られていない。

「じゃ、奴の顔はさっきの録画だけだね。まあ、しっかり顔は覚えた」

吾郎が言うと、百合枝が雄司から来た封筒と手紙を出して見せた。

手紙には、五百万の要求と待ち合わせの日時に喫茶店名、来なかったり警察に報せれば画像をネットにばらまくとプリンターの印字で書かれていた。

吾郎は手紙と封筒を嗅ぎ、百合枝以外の匂いを記憶した。

「男の匂いなんか覚えたくないんだが」

彼が言うと、ちょうど利々子のスマホが鳴り、すぐに彼女が出た。

「先生、済みません。兄に呼ばれました。殺人事件だそうです」

利々子が言って立ち上がる。刑事である兄の剛太は事件に行き詰まると、何かと妹を頼りにするのである。

やがて利々子は出て行ってしまった。やはり元彼のストーカーよりも、殺人事件の方が面白いのだろう。

「いいタイミングで二人きりになった。じゃ突っ込んだ話をしようか」

吾郎は言い、人妻の百合枝に向き直った。「勝本雄司は、君の最初の男かね？」

「い、いいえ、学生時代に二人と付き合っていました……」

百合枝は、彼の質問に戸惑いつつ答えた。

「そうか、じゃ雄司が三人目で、今の旦那が四人目か。あの画像を見る限り、かなり君は多情なタイプだろうと思う。しかも今は子持ちで旦那は忙しく、相当に欲求不満だろう」

「あの、それが何か……」

「雄司と再会し、五百万渡してもいいから、また目眩《めくるめ》くセックスをしたいと思っているんじゃないか？」

「そ、そんな……」

「しかし映像が保管されているのが不安で、それで探偵のリリイに相談した」

吾郎は言いながら激しく勃起してきた。

「だが甘い顔を見せたら、さらにつけ上がるぞ。女好きで羽振りが良かったのに今は没落していると、悪事に手を染めたくなるはずだ。多くの余罪もあろうから何年も食らうだろう。だったら、奴とはきっぱり縁を切り、新たな快楽を探すのが良い」

「あ、新たな快楽って……」

「そう、僕がしてあげよう。自分本位の若造じゃなく、ベテランのテクニックを教えてあげる。五人目の男として」

吾郎は立ち上がり、彼女の手を握って立たせた。そして奥の寝室へ導くと、百合枝も彼の変態オーラに朦朧となったように従ってきた。彼の見立て通り、実際かなり欲求が溜まっているのだろう。

寝室に入ると、そこにはセミダブルとシングル、二つのベッドが並んでいた。もちろん百合枝が使うのはシングルの方だろう。

「じゃ脱いでね」

吾郎は言い、自分からてきぱきと作務衣上下を脱ぎ去っていった。下着を下ろすと、すでに彼自身はピンピンに突き立っていた。

それを見ると、さらに百合枝は洗脳でもされたようにノロノロとブラウスを脱ぎはじめていったのだ。

先に全裸になった吾郎はベッドに横たわった。寝室内には夫婦の匂いが立ち籠めているが、さすがにシングルベッドには百合枝の体臭が沁み付き、枕にも甘ったるい匂いが籠もっていた。

やがて百合枝も一糸まとわぬ姿になると、さらに新鮮で濃厚な体臭が悩ましく漂った。

添い寝させて豊かな膨らみに迫ると、濃く色づいた乳首に、ポツンと白濁の雫が滲んでいるではないか。

そう、母乳が出ることを、吾郎は百合枝と会った瞬間から匂いで分かっていたのである。赤ん坊は階下で母親が見ているのだろうし、泣き声も聞こえないので眠っているに違いない。

出産以後、百合枝は育児に専念し、夫は仕事一筋だから、だいぶ長いこと夫婦生活はないのだろう。

そんな折りに雄司から連絡があった上、自分の恥ずかしい画像まで見て、不安と同時に彼女の心はかなり揺れていたのだ。

多情で、三十歳を目前にした熟れ盛りの肌が妖しく息づき、吾郎は彼女の乳首にむしゃぶりついていった。

チュッと乳首に吸い付くと、張りのある膨らみが目の前に迫り、色っぽくうっすらと毛細血管が透けていた。

吾郎は生ぬるい雫を舐め取り、唇で乳首の芯を強く挟むと、さらに新鮮な母乳が分泌されてきた。

「アア……」

百合枝が熱く喘ぎ、クネクネと身悶えはじめる。生ぬるい母乳は薄甘く、飲み込むたび吾郎の胸いっぱいに甘美な匂いと悦びが満ちていった。

すると百合枝も淫気に火が点いたか、自ら膨らみを揉みしだき、分泌を促してくれた。

吾郎が吸い込んで飲み続けると、心なしか膨らみの張りが和らぎ、彼はもう片方の乳首にも吸い付いていった。

そちらも充分に味わうと、百合枝は少しもじっとしていられないほど悩ましく肌を波打たせていた。

両の乳首を堪能すると、吾郎は彼女の腋の下にも鼻を埋め込み、濃厚に甘ったるい汗の匂いに噎せ返った。

しかも腋には、うっすらと和毛《にこげ》が煙っているではないか。夫婦生活が疎遠になってケアを怠っているのか、あるいは旦那の趣味で自然のままにしているのか、吾郎は鼻を擦りつけて艶めかしい体臭で胸を満たした。

そして肌を舐め降り、スラリとした脚を味わうと、足裏に舌を這わせ、指の間に鼻を押し付けて嗅いだ。

指の股は生ぬるい汗と脂に湿り、蒸れた匂いが濃く沁み付いて鼻腔が刺激された。

充分に嗅いでから爪先にしゃぶり付き、順々に指の股に舌を割り込ませていくと、

「アアッ……、ダメ……！」

百合枝がビクッと反応して、声を上ずらせた。過去四人の男たちは、爪先をしゃぶったりしないダメ男だったのかも知れない。

吾郎は両足とも、味と匂いが薄れるほど貪り、やがて彼女を大股開きにさせて脚の内側を舐め上げていった。

3

「あ、あの、私、今日はまだシャワーを浴びていないのに……」

百合枝が声を震わせて言った。爪先をしゃぶられて、急に気になったのだろう。

「うん、ナマの匂いのない割れ目を舐める男なんか、この世に一人もいないよ」

吾郎は言いつつ白くムッチリとした内腿を舐め上げ、若妻の股間に迫った。

ぷっくりした股間には黒々と艶のある恥毛が密集し、すでに割れ目からは熱い愛液が溢れていた。

先に彼は百合枝の両脚を浮かせ、オシメでも替えるような格好をさせた。

「両手をお尻に当てて谷間を広げて、舐めてって言って」

「そ、そんな、足の指もそうだけど、お尻の穴を舐める人なんていません……」

「よほど未熟な男とばかり付き合ってきたんだね。気持ちいいから試してごらん」

言うと、百合枝も脚を浮かせたまま恐る恐る両手を双丘に当て、グイッと谷間を広げてくれた。見ると、出産で息んだ名残か、ピンクの蕾はレモンの先のように僅かに突き出た、艶めかしい形状をしていた。

「な、舐めて……」

百合枝が蕾を収縮させ、か細く言った。

吾郎も谷間に鼻を埋め込み、蕾に籠もる蒸れた匂いを貪ってから、チロチロと舌を這わせ、ヌルッと潜り込ませて滑らかな粘膜を探った。

「あう……！」

百合枝が息を詰めて呻き、キュッときつく肛門で舌先を締め付けてきた。

吾郎が執拗に舌を蠢かせて粘膜を味わうと、鼻先にある割れ目からヌラヌラと新たな愛液が溢れてきた。

ようやく彼は舌を引っ込め、百合枝の脚を下ろした。

「お尻の穴、気持ち良かっただろう？」

「え、ええ、でも恥ずかしくて、それに汚れてないか気になって……」

股間から訊くと、百合枝が熱い息を震わせて答えた。

やがて吾郎が割れ目に迫って指で陰唇を広げると、息づく膣口からは母乳に似た白っぽい本気汁が溢れ、光沢あるクリトリスもツンと突き立っていた。

堪らずに顔を埋め込み、柔らかな茂みに鼻を擦りつけて嗅ぐと、悩ましく蒸れた汗とオシッコの匂いが鼻腔を満たしてきた。

「いい匂い」

「く……」

犬のようにクンクン嗅ぎながら言うと、百合枝が羞恥に呻き、反射的にムッチリと内腿で彼の両頬を挟み付けてきた。

吾郎は若妻の匂いに酔いしれながら舌を挿し入れ、膣口の襞をクチュクチュ掻き回し、ヌメリを舐め取りながらゆっくりクリトリスまで舐め上げていった。

「アァッ……、いい……！」

百合枝がビクッと顔を仰け反らせて喘ぎ、身を反らせてガクガクと震えた。

彼は舌先を左右に動かし、チロチロとクリトリスを味わいながら、指を膣口に挿し入れて内壁を小刻みに擦った。そして左手の人差し指も肛門に浅く潜り込ませると、彼女が前後の穴で指を締め付けてきた。

この巨体でうつ伏せになり、両手を縮めるのは腕が痺れて辛いが、百合枝は相当感じているようだ。

さらにクリトリスに当てた舌先を、小さく時計回りに動かしはじめると、

「い、いっちゃう……、アアーッ……！」

たちまち彼女は、舌と指の刺激だけでオルガスムスに達して喘いだ。そのままガクガクと狂おしく痙攣し、粗相したように大量の愛液をほとばしらせたのだった。

舐めてイカせるコツは、一定のリズムを繰り返すことである。

「も、もうダメ……」

百合枝が嫌々をして腰を跳ね上げた。

激しい絶頂で、全身が射精直後の亀頭のように過敏になっているのだろう。

彼も舌と指を離した。

膣口に入っていた指は白っぽい粘液にまみれて湯気を立て、指の腹は湯上がりのようにふやけてシワになっていた。肛門に入れていた指に汚れはないが、嗅ぐと微かな匂いがあり興奮が増した。

やがて吾郎は彼女に添い寝していった。

百合枝は荒い息遣いを繰り返し、もう局部に触れられていないのに、思い出したようにビクッと肌を震わせていた。

「ああ、こんなに感じたの初めて……」

「まだ、これから挿入で本格的な快感が得られるからね」

吾郎は答え、百合枝の手を握ってペニスに導いた。すると彼女もやんわりと握り、硬度や感触を確かめるようにニギニギと動かしてくれた。

「すごいわ、父より年上でしょうに……」

百合枝が言い、身を起こしてきた。

吾郎も仰向けの受け身体勢になり、両脚を浮かせて両手で尻の谷間を広げると、彼女も自分がされたように顔を寄せ、厭わずにチロチロと肛門を舐めてくれた。

「ああ、気持ちいい、中にも……」

喘ぎながら言うと、彼女もヌルッと舌を潜り込ませてくれた。熱い鼻息に陰嚢をくすぐられ、吾郎はモグモグと味わうように肛門を収縮させて美女の舌先を締め付けた。

やがて脚を下ろすと彼女も舌を引き離し、今度は陰嚢にしゃぶり付いてきた。

股間に熱い息を籠もらせて二つの睾丸を舌で転がし、彼が愛撫をせがむように幹をヒクつかせると、百合枝も前進してきた。

肉棒の裏側をゆっくり舐め上げ、先端まで来ると粘液の滲む尿道口をチロチロと舐め回し、丸く開いた口でスッポリと喉の奥まで呑み込んでいった。

そして幹を締め付けて吸い、鼻息で恥毛をくすぐりながら、口の中ではクチュクチュと満遍なく舌をからめてきた。

「ああ、いい……」

吾郎は快感に喘ぎ、ズンズンと股間を突き上げはじめると、

「ンン……」

百合枝も熱く鼻を鳴らし、顔を上下させスポスポと貪るように強烈な摩擦を繰り返してくれた。

「い、入れたい、跨いで」

すっかり高まって言うと、百合枝もスポンと口を引き離すと身を起こし、前進して彼の股間に跨がってきた。

やはり画像で見た通り、多情な彼女は自由に動ける女上位が好みなのだろう。

先端に濡れた割れ目を押し当て、位置を定めると息を詰め、久々の感触を味わうようにゆっくり腰を沈めていった。

張りつめた亀頭が潜り込むと、あとは潤いと重みで、たちまち彼自身はヌルヌルッと滑らかに根元まで呑み込まれた。

「アアッ……！」

百合枝が顔を仰け反らせて喘ぎ、密着した股間をグリグリと擦り付けるように動かした。吾郎も肉襞の摩擦と締め付け、潤いと温もりを味わいながら、両手を伸ばして彼女を抱き寄せていった。

4

「ああ、いい気持ち、奥まで届くわ……」

身を重ねて百合枝が喘ぎ、吾郎も下から両手を回して抱き留めながら、両膝を立てて尻を支えた。

じっとしていても息づくような、あるいは味わうような収縮が繰り返され、彼もジワジワと高まってきた。出産以降、初めてのセックスなのだろう。

吾郎にとって、初対面の美女と一つになる瞬間というのは、何にも代えがたい幸福感が感じられた。

「母乳をかけて」

下からせがむと彼女も繋がったまま胸を突き出し、自ら指で両の乳首を摘んでくれた。

すると白濁の母乳がポタポタと滴って、吾郎の舌と百合枝の指を濡らし、さらに無数の乳腺から霧状になった母乳が生ぬるく彼の顔中に降りかかった。

甘ったるい匂いに包まれ、彼は顔を上げて左右の乳首を吸い、やがてズンズンと股間を突き上げはじめた。

「アア……！」

百合枝が喘ぎ、乳首から指を離すと、顔を寄せて彼の顔中の母乳に舌を這わせてくれた。たちまち彼の顔中は、母乳と唾液の混じったヌメリにまみれて興奮が高まった。

吾郎も唇を重ねて舌をからめ、熱い息で鼻腔を湿らせながら絶頂を迫らせた。

「唾を垂らして、いっぱい」

言うと百合枝も興奮に任せ、ためらいなく分泌させた唾液をトロトロと注ぎ込んでくれた。小泡の多い生温かな粘液を舌に受けて味わい、うっとりと喉を潤した。

歯科医の娘で自らも衛生士だけに、覗く白い歯並びは実に綺麗だった。開いた口に鼻を押し込んで熱気を嗅ぐと、それはほんのり甘酸っぱい、桃でも食べたあとのような芳香が含まれていた。

「き、気持ちいい、いく……！」

たちまち吾郎は、大きな絶頂の快感に全身を貫かれて口走った。同時に、熱い大量のザーメンがドクンドクンと勢いよくほとばしり、彼女の奥深い部分を直撃した。

「い、いく……、アアーッ……！」

百合枝も声を上げ、ガクガクと狂おしいオルガスムスの痙攣を開始しながら、収縮と潤いを最高潮にさせた。やはり指と舌で果てるより、一つになって得る膣感覚の絶頂は別物なのだろう。

吾郎は吸い込まれるような締め付けの中で心ゆくまで快感を噛み締め、最後の一滴まで出し尽くしていった。

「ああ、良かった……」

すっかり満足しながら言い、徐々に突き上げを弱めていくと、いつしか百合枝も力尽きたように、グッタリと彼にもたれかかっていた。まだ膣内は名残惜しげに収縮し、刺激されたペニスが内部でヒクヒクと過敏に跳ね上がった。

吾郎は若妻の重みと温もりを味わい、湿り気ある熱い吐息に含まれる果実臭を間近に嗅ぎながら、うっとりと快感の余韻を味わったのだった。

「どうだった?」

「ええ、溶けてしまいそうです……」

「じゃ、雄司に未練はないかな」

「ありません。お金も渡しませんし、二度と抱かれたくないです。だから、解決をよろしくお願いします」

「じゃ明日、奴との待ち合わせの喫茶店に行くといい。儂とリリイもいるからね、そのときに全て解決する」

吾郎が言うと百合枝も安心して頷き、やがてそろそろと身を起こしていった。

吾郎も起き上がり、ティッシュでの処理を省略し、二人で全裸のままバスルームへ移動した。

シャワーの湯を浴びると、ようやく百合枝もほっとしたようだ。

「ね、オシッコ出して。少しだけでもいいので味わいたい」

「まあ、何でも飲むのが好きなんですね」

彼が言うと、すでに母乳と唾液を与えた百合枝も大きな快感を得て、すっかり打ち解けたように答えた。

彼は洗い場の床に座り、百合枝を目の前に立たせた。そして片方の足を浮かせてバスタブのふちに乗せると、彼は開いた股間に顔を埋め込んだ。

もう濃厚だった匂いは薄れてしまったが、舐めると新たな愛液が溢れて舌の蠢きがヌラヌラと滑らかになった。

「あう、本当に出すんですか……」

百合枝は息を詰め、懸命に尿意を高めながら言った。さすがに、出そうになっても最後の躊躇《ためら》いがあるのだろう。

そこで舌を這わせ、クリトリスにチュッと強く吸い付くと、

「く……、出ちゃう……」

刺激された彼女が呻き、尿道口が緩んだようだ。間もなくチョロチョロと熱く緩やかな流れがほとばしり、吾郎は口に受けて味わい、うっとりと喉を潤した。

薄めた桜湯のような味に酔いしれたが、やはりあまり溜まっていなかったか、一瞬勢いが増したが、間もなく治まってしまった。

吾郎はポタポタ滴る余りの雫をすすり、残り香の中で割れ目を舐め回した。

「も、もうダメ……」

立っていられなくなり、彼女は吾郎の顔を股間から引き離して言うと、足を下ろして椅子に座り込んだ。

もちろん吾郎自身は、ピンピンに回復している。

「まあ、もうこんなに……、でも私はもう今日は充分です。赤ん坊をあまり母に任せきりでもいけないので……」

百合枝が言うので、彼はバスタブのふちに腰を下ろし、彼女の目の前で両膝を開いた。

「じゃお口でして」

「ええ、私もいっぱいミルク飲んでもらったので」

言うと百合枝も答え、顔を寄せて張りつめた亀頭を咥えてくれた。そして吸い付きながら舌をからめ、顔を前後させてスポスポと摩擦してくれたのだ。

「ああ、すぐいく……」

吾郎も急激に高まり、快感に喘いだ。

階下の診療所では、百合枝の父親と夫が患者の治療をし、別室では母親が赤ん坊の面倒を見ているのだ。

その同じ屋根の下で、若妻の口に射精するのは、何という興奮だろう。

たちまち吾郎は濡れた唇の摩擦と吸引に昇り詰め、快感とともにありったけのザーメンをほとばしらせた。

「ク……」

喉の奥を直撃された百合枝が呻き、それでも摩擦と吸引、舌の蠢きは続行してくれた。

さすがに、すでに四人もの男を知っているから巧みなフェラである。

「ああ、良かった……」

全て出しきると、吾郎が声を洩らして全身の硬直を解いた。百合枝も動きを止め、亀頭を含んだまま口に溜まったザーメンをコクンと一息に飲み干してくれた。

この生きた精子が彼女の栄養となり、また赤ん坊のための母乳になるのだと思うと、禁断の興奮にまた彼は回復しそうになってしまったのだった。

5

「じゃ明日、待ち合わせの喫茶店に儂とリリイがいるけど、無視して奴と会ってね」

身繕いを終えた吾郎は百合枝に言い、一緒に下へ降りた。

そして彼女は赤ん坊のいる二階へ、吾郎は犬神堂へ向かったのだった。

すると歩いているときスマホが鳴り、利々子から電話があった。

「どうした。そっちの事件は」

「資産家で一人暮らしの老婆が強盗殺人に遭った事件ですけど、防犯カメラに映っている犯人の一人が、百合枝さんの持ってきた画像の男に似ているんです」

「そうか、じゃそれぞれの事件の解決で、明日は喫茶店に集合することになるな」

吾郎は少し考え、また口を開いた。

「よし、兄貴に手柄をやる代わりに、交換条件を出させてもらう」

吾郎は言い、利々子と打ち合わせをしてからスマホを切り、犬神堂へ戻ったのだった。

その夜、利々子は事務所に来ず自宅に帰り、吾郎は店仕舞いした卓郎と焼肉屋へ行って食事をした。

そして翌日の昼過ぎ、吾郎は駅前で利々子と待ち合わせ、一緒に指定の喫茶店に行き、窓際のテーブル席に差し向かい、コーヒーを飲んで一服した。

すると一人の逞しい男が入って来て、カウンターの席に座った。これは利々子の兄、ゴリラ顔の剛太である。

そしてまたドアベルが鳴り、百合枝が一人で入ってくると、真ん中辺りのテーブル席に座ってコーヒーを注文した。

昼時を過ぎ、他に客はおらず、店には初老のマスターが一人いるきりである。

そろそろかと思っていると、またドアが開き、一人の男が入って来た。

間違いない、吾郎が脅迫の手紙や封筒で覚えた匂い、画像に映っていた勝本雄司だ。

派手なシャツを着て、耳にはピアス、前髪がサラリと額にかかり、落ちぶれ果てたとはいえ女性を引っかけるため服装も清潔で、正に女性にモテそうなタイプだった。

雄司は百合枝を認めて、マスターにコーヒーを頼みつつ彼女の向かいに座った。

「久しぶりだな。今は子持ちの奥さんか」

雄司が言い、足を組んで煙草をくわえた。

「ゆっくりコーヒーが飲みてえんだ。金を置いて帰ってくれ。DVDはあれ一本だ。コピーは取ってねえ」

雄司は、どうやら百合枝の肉体には未練が無いようだ。あるいは新たな女がいるか、集団の犯罪で忙しいのかも知れない。

「信用できないわ」

百合枝が、俯いたまま小さく言った。

「でも本当なんだから仕方ねえ」

「また付きまとうに決まってるわ」

「とにかく金を出せよ」

と、雄司がそう言ったとき剛太がカウンターから立ち上がって奴に迫り、いきなりカチリと手錠を嵌めたのだった。

「な、何だよ、てめえ……」

雄司が青ざめて顔を上げ、剛太のゴリラ顔に怯《ひる》んだ。

「警視庁のものだ。恐喝の現行犯で逮捕する。いや、強盗殺人の共犯容疑もある」

「し、知らねえよ……」

「いいから、住所と名前を言え」

剛太が迫ると、雄司も下を向いて名と住所を言った。そして剛太が奴のポケットを探り、一本のキイを取り出した。

「よし、連行する」

剛太は言って雄司を引き立たせ、やがて吾郎にそっとキイを渡した。

「先生、あまり引っかき回さないで下さいよ。あとで捜索するんですから」

そう囁き、チラと妹を見てから、彼は雄司を引き連れて店を出ていった。

残った三人はゆっくりコーヒーを飲み、マスターも剛太から聞いていたのか、さして驚いた様子も見せなかった。

「よし、じゃ奴のアパートへ行こう」

コーヒー代を払うと吾郎は言い、利々子や百合枝と一緒に喫茶店を出た。

さっき雄司が言った住所は記憶している。

やはり思っていた通り、雄司の住まいは徒歩十分ほどの場所だった。住宅街の片隅にある古いアパートである。

吾郎は預かったキイで、一階の隅にあるドアを開けて入った。

「どこにも触らないようにね」

彼は言い、自分だけ用意の手袋を嵌めた。上がり込むと、吾郎は独身男の匂いに眉をひそめたが、意外に整頓され、掃除も行き届いていた。これは、やはり女性を連れ込むための配慮だろう。

六畳一間に狭いキッチンとユニットバス、ベッドが据えられ、あとは机とパソコン、テレビに本棚。着替えなどは押し入れだろう。

本棚といっても文芸書はなく、大部分はＤＶＤのケースが並び、片隅には小型のＤＶＤカメラもあった。

この部屋でも、連れ込んだ女性との行為を隠し撮りしているのだろう。

しかもケースには『ユリエ』『アツコ』『ミホ』など女性名と日付が書かれていた。

「意外に律儀な性格で助かる」

吾郎は言い、難なく百合枝を撮ったＤＶＤケースを二枚探し出した。

「じゃ、これは自分で処分しなさい。旦那に知られないようにね」

「はい、有難うございます……」

渡すと百合枝は頭を下げて答え、バッグにしまった。

そう、これが百合枝の画像を刑事たちに見られないための、手柄を立てる剛太と取引した交換条件である。剛太もそんな権限はないが、事件解決に協力してくれた礼に、百合枝のＤＶＤだけ回収することを、利々子に言われ独断で承知してくれたのだった。

さらに吾郎はＤＶＤカメラや、テレビの下にあるデッキを点け、ハードディスクに録画されていないか確認した。

「あとは大丈夫だね。じゃ出よう。男の匂いは嫌だ」

吾郎は言って立ち上がり、『ミホ』と書かれたＤＶＤケースを一枚だけ、そっと作務衣のポケットに入れてしまった。

やがて三人は雄司のアパートを出て施錠し、利々子にキイを渡した。

「じゃ、これは兄貴に返して。あと事件の概要が分かったら教えてね」

「分かりました」

吾郎が外した手袋をしまって言うと、利々子もキイをバッグに入れて答え、兄のいる警察署へと向かっていった。

利々子を見送ると、吾郎と歩きながら百合枝が言った。

「あの、代金はいかほど」

「いいよ、抱かせてもらったし……、でも少しぐらい貰うかな。五百万が手つかずで残ったのだから」

「ええ、仰って下さい」

「じゃ五万もらおうか」

「でも、それじゃ……」

百合枝は言い、歩きながらバッグを開け、十万円出してくれた。金持ちというだけでなく、自分の恥ずかしい画像がばらまかれることを思えば安いと思ったのだろう。

「わあ、こんなに有難う。ちゃんとリリイと分けるからね。それから、したくなったらいつでも連絡してね」

吾郎は言い、そこで百合枝と別れ、犬神堂へと戻ったのだった。

6

「おいタク、これをやる」

犬神堂に戻ると、吾郎は店番している卓郎に言い、ＤＶＤケースを渡した。

「わあ、ミホって誰ですか？」

「知らないが、セックスの隠し撮りだ。だが自分で視るだけにしろ。ネットに流したり、コピーして誰かに売ったら通報だぞ」

「はい、僕だけが視ると約束します。これ、もう先生は視たんですか？」

「儂は視なくても、色々生身がいるからね」

吾郎が言って店を出ると、卓郎は羨ましそうな顔で見送った。ＤＶＤも早く視たいだろうが、客が来ることもあるので店仕舞いまでは我慢するだろう。

吾郎が二階へ上がり、シャワーを浴びてから着替え、金を数えていると、間もなく利々子が戻ってきた。

「あ、百合枝さんが五万くれたので折半にしよう。じゃリリイのぶん二万五千円ね」

吾郎は慌てて財布を仕舞って言い、金をテーブルに置いた。

「ええ、二日間の働きにしては上出来ですね」

彼女も答え、悪びれず金を財布に入れた。「それで事件は？」

「雄司は裏バイトで相当に余罪があります。ただ老婆を絞殺したのは主犯格で、雄司は手伝いだけでしたが、あとは芋づる式にメンバーが逮捕されることでしょう」

「そう」

「今ごろ、捜査員があの部屋に入ってます。兄も、メンバーの一人を真っ先に逮捕できて喜んでいました。先生によろしくと」

「うん、間もなく一網打尽だな。それよりあっちへ行こう」

吾郎は立ち上がって言い、利々子の手を引いて奥の寝室に入った。

「ゆ、百合枝さんに手を出したんですか？」

ベッドに押し倒されながら、利々子が甘ったるい汗の匂いを揺らめかせて言った。今日も朝からあちこち飛び回っていたのだ。

「なーんにもしてないよ。儂はリリイ一筋だからね」

吾郎は答え、利々子のブラウスのボタンを外しはじめると、途中から彼女も自分で脱いでくれた。

彼女も久々で催したのかも知れない。

仕様がないわね、といった感じで吾郎の要求に応えてくれ、そんな様子に彼は興奮するのだ。

四十歳以上も年下だが、彼には利々子がお姉さんのように思え、激しく勃起した。

自分も手早く全裸になり、彼は一糸まとわぬ姿になった利々子をベッドに横たえた。

「そうだ、百合枝さんから、お金だけじゃなく、これももらったんだ」

吾郎は言い、脱いだ作務衣から一本の器具を取り出した。それは歯科医や衛生士が使う丸いミラー付きのスティックだ。

「儂は歯医者になりたかったんだ。美女の口の中を覗いて、唾液も採集できるしね」

「頑張れば、なれたんじゃないですか？」

「男は診たくないからね。歯医者を諦め、敗者復活で古本屋になった」

わけの分からないことを言いながら、彼は利々子にのしかかり、開かせた口の中にデンタルミラーを差し入れた。

「わあ、綺麗だ。昼食後に歯磨きしちゃったんだね」

吾郎は言い、ミラーで利々子の歯の裏側まで念入りに観察した。

唾液に濡れて蠢く舌と、引き締まったピンクの歯茎が実に艶めかしく、奥にはノドチンコも見えたが、舌が届かず舐められないのが残念である。

熱く洩れる息は湿り気を含み、鼻を寄せて胸いっぱいに嗅ぐと、歯磨きから時間が経っているのでハッカ臭は消え失せており、すっかり馴染んだ花粉臭の刺激が悩ましく鼻腔を掻き回してきた。

「うえっ……」

喉の奥まで押し込むと利々子がえずいたので、吾郎はスティックを枕元に置き、彼女の足裏に顔を移動させた。

やはり足指は絶対に嗅がなければいけない場所である。

彼は利々子の足裏を舐め、指の間に鼻を割り込ませて嗅いだ。指の股が、やはり生ぬるい汗と脂に湿り、ムレムレの匂いが濃く沁み付いていた。

「ああ、いい匂い」

吾郎はうっとりと酔いしれて言い、両足とも嗅ぎまくってから爪先をしゃぶり、全ての指の股に舌を挿し入れて味わった。

「あう……、今日もいっぱい歩いたのに」

利々子が呻き、クネクネと腰をよじったが、すでに彼の愛撫パターンを承知しているので拒むことはなかった。

両足とも存分に味と匂いを貪り尽くすと、吾郎は脚の内側を舐め上げ、ムッチリした内腿を通過して股間に迫った。

両脚を浮かせると、まだ百合枝ほど濡れていないが、尻の谷間の蕾は可憐にひっそりと閉じられていた。

「自分で両手をお尻に当てて広げて」

せがむと利々子も言われた通り谷間を開き、薄桃色の蕾を丸出しにしてくれた。

「肛門舐めてって言って」

「嫌です」

言うと利々子が拒んだ。百合枝さんは言ったのに、と思わず言いそうになったが、無理強いすると臍を曲げることを知っているので、彼も大人しく鼻を埋め込んでいった。

7

「あう、変な気持ち……」

吾郎が尻の谷間の蒸れた匂いを嗅いでから舌を這わせると、利々子が呻き、浮かせた脚を震わせた。

襞を舐め回して濡らし、潜り込ませてヌルッとした粘膜を味わうと、利々子がキュッと肛門で舌先を締め付けてきた。

充分に舌を蠢かせてから脚を下ろし、だいぶ濡れてきた割れ目に顔を埋め込んだ。

恥毛の丘に鼻を擦りつけて嗅ぐと、蒸れた汗と残尿臭が籠もり、やはり熟れた子持ちの人妻とは違う、ほのかなチーズ臭も混じって鼻腔が刺激された。

うっとり胸を満たしながら舌を挿し入れ、淡い酸味の蜜を掻き回しながら、膣口からクリトリスまで舐め上げていくと、

「アアッ……！」

利々子がビクッと仰け反り、熱く喘いだ。

チロチロとクリトリスを舐め回すと愛液の量が増し、彼女もすっかり下地が出来上がったようだ。

絶頂に達する前に吾郎は身を離して添い寝し、彼女の顔を股間へ押しやった。

利々子も素直に移動し、彼の股間に陣取った。

「肛門舐めて」

「嫌です」

きっぱり断りながら、利々子は屈み込んで粘液の滲む尿道口を舐め回してくれた。

さらにスッポリと喉の奥まで呑み込むと、快楽の中心部が生温かく濡れた快適な口腔に包まれた。

「ああ、気持ちいい、すぐいきそう……」

吾郎がズンズンと股間を突き上げると、利々子も何度か顔を上下させて摩擦し、充分に唾液にまみれるとチュパッと口を離した。

「入れていいですか」

すっかり高まった利々子が自分から言い、前進して彼の股間に跨がってきた。

幹に指を添え、先端に濡れた割れ目をあてがうと、ゆっくり腰を沈めてヌルヌルッと滑らかに受け入れていった。

「ああ、いい気持ち……」

利々子が顔を仰け反らせて喘ぎ、張りのある形良い乳房を弾ませた。

吾郎は両手を伸ばして彼女を抱き寄せ、膝を立てて尻を支えた。

潜り込むようにして左右の乳首を含んで舐め回し、顔中で膨らみを味わった。

さらにジットリ湿った腋の下にも鼻を埋め込み、甘ったるい汗の匂いに噎せ返った。

「腋毛を伸ばしてみない？」

「嫌です」

きっぱり断られ、仕方なく吾郎は体臭を貪ることに専念した。

そして下から両手でしがみつきながら、ズンズンと股間を突き上げはじめると、

「アア……」

利々子も喘いで腰を遣い、膣内の収縮と潤いを増していった。

次第に互いの動きがリズミカルに一致してくると、クチュクチュと淫らに湿った摩擦音が聞こえてきた。

彼は下から唇を重ね、ネットリと舌をからめながら利々子の熱い息で鼻腔を湿

らせ、滴る唾液をすすった。

「い、いきそう。下の歯を儂の鼻の下に当てて……」

高まって言うと利々子も興奮に任せ、大きく口を開くと舌の歯並びを彼の鼻の下に当ててくれた。吾郎は股間を突き上げて絶頂を迫らせながら、二十三歳の美女の口の中の匂いでうっとりと胸を満たした。

彼は、美女が一度吸い込んで、要らなくなって吐き出した空気を吸うことに最も興奮した。肺の中の温もりと微量な炭酸ガス、それが口の匂いを含んで鼻腔を満たすのが至福の一時なのである。

しかしこの体勢だと、彼の目の前に美女の鼻の穴が迫って丸見えになり、気づくと嫌がるだろうから彼も黙っていた。

とにかく花粉臭の刺激を含んだ利々子の吐息を嗅ぎながら、たちまち吾郎は肉襞の摩擦の中で昇り詰めてしまった。

「い、いく、気持ちいい……」

吾郎は快感に口走り、ありったけの熱いザーメンをドクンドクンと勢いよくほとばしらせた。

「あ、熱いわ、いく……、アアーッ……！」

利々子も噴出を受けた途端、スイッチが入ったように声を上ずらせ、ガクガクと狂おしいオルガスムスの痙攣を開始した。

締まる膣内は、ペニスだけでなく彼の全身まで吸い込もうとするほど激しい収縮が繰り返された。

吾郎は心ゆくまで快感を味わい、最後の一滴まで出し尽くしていった。

すっかり満足しながら徐々に突き上げを弱めると、利々子もグッタリと力を抜き、荒い呼吸を繰り返しながら遠慮なく彼に体重を預けてきた。

まだ膣内はキュッキュッと締まり、刺激された幹が中でヒクヒクと過敏に跳ね上がった。そして吾郎は利々子の重みと温もりを受け止め、かぐわしい吐息を嗅いでうっとりと余韻に浸り込んでいった。

(隠し撮りも、いいかもしれないな……)

呼吸を整えながら吾郎は思い、そっと周囲を見ると、ちょうど頃合のカラーボックスがあり、その棚にカメラを仕掛ければ気づかれずに撮れるのではないかと考えた。

いや、もし知られたら利々子は出て行ってしまうだろうし、兄に言いつけるかも知れない。今は良い関係なのだから、彼もそれを壊したくなかった。

第一、録画していたら気が散ってしまうだろう。それよりは、今この時の快楽に専念する方が良い。

すでに画像を見て抜く年齢でもなく、一回でも生身と多くしたいのである。

吾郎は思い、身を投げ出すと、利々子も呼吸を整えながらティッシュに手を伸ばし、そろそろと身を起こしていった。

股間を引き離すと割れ目を拭い、満足げに萎えかけた彼のペニスも拭いてくれた。

「兄に、見合いの話が来たようです」

ベッドを降り、身繕いをしながら利々子が言う。どうやらシャワーは自宅に帰ってから浴びるようだ。

「へえ、あのゴリラ男が、相手はどんな?」

「二十五歳で、武道の達人らしいです。兄の上司の娘さんだけど、警官にはならず、道場での稽古に明け暮れているみたい」

「そう、会ってみたいな。今まで僕の知らないタイプなので」

「別に、先生がお見合いするわけじゃないんですよ。兄も舞い上がって、近々会うらしいです」

「それは、儂も覗いてみたいなあ」

吾郎は言い、面白そうな話題に身を乗り出したのだった。

第四話　女剣士の淫望

1

「二人目の被害者も、刀で斬られて金を奪われてます」

「まるで江戸時代の辻斬りだな……」

利々子が、刑事の兄、剛太から聞いた事件を話し、吾郎も重々しく答えた。

この界隈では珍しい凶悪事件で、被害者の二人とも重傷だが命に別状はなく、被害総額は二人分で百万以上になっている。

ここは古本と骨董屋『犬神堂』の二階にある吾郎の住居、そして利々子が所長を務める『リリイ探偵事務所』である。

犬神吾郎は六十代半ば、今は古書骨董店主だが元大学教授、専門は異常心理学で、二十三歳になる吉井利々子は当時の教え子だった。

「被害者は二人とも重役クラスで、袈裟に斬られてます。現金の入った財布を奪われ、銀行からもカードで上限の五十万ずつ下ろされていました」

「刀で脅して暗証番号を聞いたんだろうな。財布には免許証もあるから、警察に報せると家を焼くとでも言ったんだろう」

「それなら、何も斬らなくても良いのに。結局救急車で運ばれて通報されたのだから」

「金だけでなく、刀で人を斬りたい願望が強かったんだろうな」

犯人は、長身の黒ずくめで目出し帽だったらしい。どちらも帰り道の夜半、人通りのない住宅街だったらしい。

「まあ、刀なんか持って夜に出歩いているんだから、警戒してればすぐ捕まるだろうよ」

「ええ、それより今夜は兄のお見合いなんです。どんな人か見に行きましょう」

話を切り上げると、利々子は言って伊達メガネをかけ、茶髪でセミロングのウイッグを被った。兄の剛太に気づかれないよう変装したようだ。

「あのゴリラ男は、緊張して周りなど目に入らないだろうよ。それにしてもメガネはそそるなあ」

吾郎は股間を熱くさせ、利々子ににじり寄った。

「ダメです。時間だから行きましょう」

利々子は立ち上がり、仕方なくスキンヘッドに丸メガネの吾郎も、いつもの作務衣姿に下駄履きで部屋を出ると、一緒に外階段を下りた。

一階の犬神堂を覗くと、居候で店番の卓郎が奥でエロ本を読み耽《ふけ》っていた。

声もかけず外に出て、やがて二人は駅近くにあるレストランに入った。

「あ、あそこにいます」

利々子が奥の席を指して囁き、吾郎と二人で観察しやすい窓際の席に差し向かいに座った。見ると、確かに二十八歳の巡査部長、剛太と、その向かいに二十代半ばの美女が座っていた。

親などは交えず、ざっくばらんに二人だけの会食らしいが、やはり相当に剛太は緊張して身を硬くしていた。

「綺麗な人だね。かなりボーイッシュで、宝塚の男役のようだ」

「ええ、近くにある結城《ゆうき》道場の娘で二十五歳の結城冴香《さえか》さん、剣道と居合道ともに四段でうちの大学剣道部の講師もしているわ」

利々子の説明通り、冴香は凜然とし、颯爽とした美丈夫である。長い髪を引っ詰めてスッピンに近く、濃い眉と切れ長の眼差しが魅惑的で、洋服より和装か稽古着が似合うだろう。

吾郎と利々子は生ビールとツマミを頼み、二人を観察しながら乾杯した。剛太と冴香もワインを飲み、オードブルを摘んでいる。

「二人とも、あまり話が弾んでいないわね」

「ああ、ゴリラ男はガチガチに緊張して、味も分からないだろう。奴は、今まで女性と付き合ったことあるの？」

「ないはずです。十代の頃は柔道一筋だし、警官になってからも忙しいので」

「まさか童貞？　まあ、うちのタクと違って風俗ぐらいは行ってるだろうな。体育会系のノリで」

「さあ、どうかしら。奥手だから」

利々子は言い、心配そうに兄の方ばかり見ていた。

しかし、そのとき剛太のスマホが鳴り、彼は席を立ってエントランスで誰かと話したがすぐに戻ってきた。

「済みません。急に捜査本部に出なければならなくなって……」

「ええ、構いません。仕事が第一ですから」

剛太が言うと冴香も答え、快く彼を送り出した。すると剛太は二人分のコース料理をカードで支払い、冴香に辞儀をして店を出て行ってしまった。

「非番なのに呼ばれるなんて、辻斬りに進展でもあったのかしら」

利々子が言うと、冴香がこちらに気づき、立って近づいてきた。

「犬神先生ですね。私、先生の講義を受けていました」

冴香に言われ、急に利々子がソワソワしはじめた。

「あ、そう。今デートだったのかな?」

「ええ、でも急用で帰ってしまいました。もうすぐメインディッシュなのに」

「あ、それ儂が頂こう。席移ってもいい?」

「構いませんが、先生こそデート中では?」

「あ、これは吉井剛太の妹なんだ」

「まあ!　ではあなたが利々子さん?　どうぞご一緒に」

冴香が言い、二人はボーイに断って彼女の席へ移った。さっきまで剛太が座っていた席に吾郎がかけ、利々子はその隣だ。

「済みません。兄が心配で、変装して来ていたんです」

利々子が正直に言い、ウイッグとメガネを外してバッグに入れた。

「そう、お兄さん思いなんですね」

冴香も気にせず、笑顔で答えた。

しかし、そのとき利々子のスマホが鳴り、彼女も席を立ってしまった。どうやら何かと妹の推理を頼りにしている剛太から、相談事が来たらしい。

「済みません、私も失礼します」

利々子が席を立って言い、結局吾郎と冴香の二人きりとなった。

「良かった。リリイのメインディッシュを追加しなくて」

吾郎は剛太が残したワインを飲んで言うと、そこへちょうど二人分のメインディッシュが運ばれてきた。

「実は、このお見合い気乗りがしなかったんです。父が、剛太さんの上司と友人で、一度でいいから夕食してこいって。だから一度きりのつもりで来ました」

「そう。縁だからね、気にしなくていいよ」

吾郎は答えながら、ステーキにかじりついた。そして目の前の、きりりとした美女に股間を熱くさせてしまったのだった。

「ちょうど良かったわ。相談相手を探していたのだけど、先生なら心理学の専門なので」

食事を終え、デザートとコーヒーも済ませると、改まった口調で冴香が言った。

「うん、今は暇だからね、何でも相談して」

「じゃ、これから私の家に来て下さい」

冴香が言い、吾郎も立ち上がった。そして駅前まで行ってタクシーに乗り、ものの十分ほどで結城道場に着いた。

実は吾郎は、大学の講義ではあまり学生の顔を見ていなかったので冴香のことは覚えていないのだ。これでも人気があり、いつも教室は満員だったのである。

しかし、もちろんボーイッシュな美女が誘ってくれたのだから、吾郎は淫気満々で冴香の部屋に入った。

親たちは道場の二階に住み、冴香は独立した離れで暮らしているので家の人にも見られることはなかった。

2

離れは二間にバストイレがあり、壁には剣道や居合道の賞状が並び、本棚には武道書、隅には鉄アレイや腹筋台なども揃い、全く女性の部屋とは思えなかった。

それでも奥にはベッドが見え、室内には甘ったるい匂いが立ち籠めていた。

刀架に刀があったので、

「見てもいい？」

吾郎は冴香に断り、手にしてスラリと抜いて見た。もちろん真剣で、鈍い光沢に直刃《すぐは》の刃紋があり、華美ではなく実戦用という感じがする。

もちろん吾郎は素人なので、この刀身が最近人を斬ったかどうかまでは分からない。

「人を斬ってみたい？」

「ええ、もちろん。戦国か、せめて幕末に生まれたかったです。いえ、実際その体験をした生まれ変わりなのかも」

「そう……」

「しのぎを削る、とか、切羽詰まるというのは刀の言葉なんです」

冴香は言い、しのぎや切羽を指して教えてくれた。

「うん、儂も知ってる。一振りの刀に合う鞘はこの世に一つなので、よく男女に例えられる。元の鞘に納まるとか、反りが合わない、とかね」

吾郎は言い、納刀して刀架に戻した。

「で、相談とは男女のこと？」

「ええ、私は男に生まれたかった思いが強くて、どうにも男性が好きになれません」

「なるほど、ではまだ処女？」

「いいえ、一度だけ好奇心で、というより半ば強引に」

「どんな男？」

「以前うちで師範代をしていた、五つ年上の板東純二《ばんどうじゅんじ》という男です」

「板東純二？　濁音が多いね」

「でも心は濁りがないと信じていました」

「しかし一度きりというからには、あまり良くなかったのだね」

「はい。性急で自分本位で……」

冴香は正直に答えた。吾郎は、さっきから感じている生ぬるく甘ったるい匂いに激しく勃起していた。

「じゃ、儂が本当に気持ちいいセックスを教えてやろうじゃないか」

「お願いできますか」

「わあ！　本当にいいの？」

駄目元で言ったのに冴香が応じてくれたので、吾郎は舞い上がった。

「じゃベッドへ行こうね」

立ち上がって言うと、冴香も素直に奥のベッドに移動してくれた。

「じゃ、急いでシャワー浴びてきます」

「そのままでいいよ」

「いいえ、夕方まで稽古して、時間になったのでそのまま着替えて出たものですから」

冴香が言う。汗ばんだまま来るとは、それだけ、この見合いには本当に乗り気でなかったということなのだろう。

とにかく脱がせようと迫ると、冴香も諦めたように自分から脱ぎはじめてくれた。

（え……？）

吾郎は怪訝に思った。迫った時、冴香の体からは甘ったるい汗の匂いが濃く感じられたのに、吐息はほとんど無臭なのだ。

（レストランを出る前トイレに行ったから、そこでケアしたのか。それにしても無臭とはおかしい。歯磨き直後のリリイでさえ、息の匂いは十段階で三の濃度はあるのに、彼女は一以下ではないか）

戌年で、警察犬より鼻が利く彼は思った。

それでも興奮が覚めることなく、吾郎もあっという間に、三秒で作務衣上下を下着ごと脱ぎ去って全裸になった。

そして武道美女の体臭が濃厚に沁み付いたベッドに仰向けになると、ためらいなく最後の一枚を脱いだ冴香も近づいてきた。

「ああ、これが欲しかったのに私には無い」

冴香は言うなり、いきなり吾郎の股間に顔を寄せてきた。

そして幹にそっと指を添えると、ピンピンに張り詰めた亀頭にしゃぶり付いてきたではないか。

（うわ……）

吾郎は冴香の大胆さに驚きながらも、身を投げ出して様子を見ることにした。

そのまま冴香はスッポリと喉の奥までペニスを呑み込み、熱い鼻息で恥毛をそよがせながら、ネットリと舌をからめてきた。

たちまち彼自身は生温かく清らかな唾液にまみれてヒクつき、冴香は深々と含んだまま幹を締め付けて吸った。

（え……？）

また吾郎は違和感を覚えた。

冴香が幹を噛み締めているのに歯の感触がなく、何か滑らかなものが感じられるではないか。見ると、彼女の手に何か握られているので、吾郎が引き寄せて受け取ると、

「そ、総入れ歯……」

彼の呟きに、冴香もスポンと口を離した。

「ええ、形の稽古中に、板東の木刀を受けて前歯が全壊しました。それに年中稽古で奥歯を嚙み締め、痛んでいたのでいっそ総入れ歯にして、間もなくお金が貯まったらインプラントにしようと」

冴香が顔を上げて言う。

「そうか、なるほど……」

それで食後に上下の義歯を外して磨き、口も漱《すす》いだので吐息が無臭に近かったのだ。

「よし、分かった。では話を聞くのは全てが済んでからにしよう！」

吾郎は言うと、精巧に出来た総入れ歯を舐めたり嗅いだりしてから冴香に返し、彼女を仰向けにさせていった。

3

再び義歯を装着した冴香は、さすがに鍛えられ引き締まった肢体を投げ出した。

吾郎は彼女の足に屈み込み、日頃道場の床を踏みしめる逞しい足裏に舌を這わせはじめた。指も太くしっかりし、鼻を割り込ませてムレムレの匂いを貪ってから、爪先にしゃぶり付いていった。

「あう！　そんなことを……」

冴香が驚いたように呻いたが、拒むようなことはしなかった。

両足とも全ての指の股を舐め、味と匂いを吸い取ると、彼は冴香の股を開かせ、脚の内側を舐め上げていった。

内腿も硬いほど筋肉が張り詰め、股間には熱気と湿り気が充ち満ちていた。

中心部に迫ると丘には濃い恥毛が密集し、割れ目からはピンクの花びらがはみ出し、しかもクリトリスは何とも大きく突き立っているではないか。

男になりたいという願望が根強かったようだが、この大きな突起が冴香のパワーの源のようだった。

まず先に吾郎は彼女の両脚を浮かせ、引き締まった尻の谷間に迫った。

薄桃色の蕾に鼻を埋め込むと、張りのある双丘が顔中に密着し、蒸れた匂いが鼻腔を刺激してきた。

舌を這わせて襞を濡らし、ヌルッと潜り込ませて滑らかな粘膜を探ると、

「あう、ダメ……」

冴香が呻き、キュッときつく肛門で舌先を締め付けた。

吾郎は舌を蠢かせ、微妙に甘苦い粘膜を味わっていると、鼻先にある割れ目からトロトロと大量の愛液が溢れてきた。

セックスは一度しかしていなくても、恐らく自分での処理は習慣になり、充分感じやすい肉体になっているようだ。

ようやく脚を下ろし、割れ目に鼻と口を埋め込むと、柔らかな恥毛の隅々には濃厚に蒸れた汗とオシッコの匂いが籠もり、悩ましく鼻腔が刺激された。

胸を満たしながら舌を差し入れ、淡い酸味の愛液を掻き回しながら、膣口から

大きなクリトリスまで舐め上げていった。

「アアッ……！」

冴香がビクッと顔を仰け反らせて熱く喘ぎ、内腿でムッチリと吾郎の両頬を挟み付けてきた。彼はクリトリスを乳首のように吸っては、舌先でチロチロと弾き、膣口に指も入れて小刻みに内壁を摩擦した。

「い、いっちゃう……！」

冴香が声を上ずらせ、いつしか両手で彼の顔を股間に押し付けながらズンズンと股間を突き上げはじめた。

鼻も口も愛液でヌルヌルにされながら、なおも吾郎が舌と指の愛撫を続行すると、

「き、気持ちいい、アアーッ……！」

たちまち冴香はガクガクと股間を跳ね上げ、大量の愛液を噴出させながらオルガスムスに達してしまった。

「も、もうダメ……」

息も絶え絶えになって言うと、ようやく吾郎も割れ目から舌と指を引き離した。

これだけクリトリス感覚が研ぎ澄まされているなら、やはりオナニーは年中し

ているようだ。

　吾郎は身を起こし、グッタリとなり荒い呼吸を繰り返している彼女の割れ目に股間を進めた。

　そしてまだ余韻に浸っている彼女の膣口に張り詰めた亀頭を潜り込ませ、そのままヌルヌルッと一気に根元まで貫いた。

「あう……！」

　冴香が呻いて硬直すると、吾郎は肉襞の摩擦と温もりを味わいながら股間を密着させ、身を重ねていった。

　まだ動かず、屈み込んで両の乳首を含んで舐め回した。

　乳房はそれほど豊かではないが、張りがあって実に感度が良さそうだ。その証拠に、乳首を刺激されるたび膣内が収縮し、心地よくペニスが締め付けられた。

　左右の乳首を充分に味わうと、彼は冴香の腕を差し上げ、ジットリ汗ばんだ腋の下に鼻を埋め、濃厚に甘ったるい体臭でうっとりと胸を満たした。

　そして首筋を舐め上げ、上からピッタリと唇を重ね、舌を挿し入れながら徐々に腰を突き動かした。

「ンンッ……！」

冴香が熱く呻き、反射的にチュッと彼の舌に吸い付いてきた。

次第にリズミカルに律動すると、溢れる愛液がクチュクチュと湿った摩擦音を響かせ、彼女も合わせてズンズンと股間を突き上げはじめた。

クリトリス感覚が、順調に膣感覚に移っていったのだろう。

息づくような締め付けもきつく、彼は吸い込まれるような感覚になって高まった。これは、今までろくにしていないのが勿体ないほどの名器ではないか。

いったん動くと快感に腰が止まらなくなり、吾郎は舌をからめながら、いつしか股間をぶつけるように激しく動きはじめていた。

「アア……、い、いい気持ち……」

冴香が口を離して喘ぎ、下から両手で激しくしがみついてきた。

喘ぐ口を覗き込むと、作り物の歯並びの間から熱く湿り気ある息が洩れていた。嗅いでも匂いが薄く物足りないが、何しろ膣内の締め付けと摩擦、潤いと温もりにジワジワと絶頂が迫ってきた。

「中出し大丈夫？」

「ええ、出して下さい……」

念のため訊くと冴香も答え、吾郎は本格的に抽送を開始した。

これで、冴香が剛太と結婚したら、さらに禁断の思い出となることだろう。まあ、その可能性は限りなくゼロに近いだろうが。

「いきそう、歯を外して……」

切羽詰まって口走ると、冴香も素直に上下の義歯を外してくれた。

ピンクの歯茎が滑らかで艶めかしく、彼が冴香の口に鼻を押し込むと、冴香はまるでフェラチオするようにしゃぶり付き、鼻の頭を歯茎で噛んでくれた。

「い、いく、気持ちいい……！」

たちまち吾郎は昇り詰めて喘ぎ、淡い吐息の匂いで鼻腔を満たしながら、ありったけの熱いザーメンをドクンドクンと勢いよくほとばしらせた。

「い、いい……、アアーッ……！」

奥深い部分に噴出を感じた途端、冴香も声を上げてガクガクと狂おしいオルガスムスの痙攣を開始した。

立て続けに、クリトリスと膣で絶頂に達したのである。もともと頑丈な健康体だから、丁寧に愛撫すれば必ず昇り詰めるのだ。

恐らく板東純二は、少しいじっただけで挿入し、自分本位に果てただけのダメ男だったのだろう。

吾郎は快感を噛み締め、心置きなく最後の一滴まで出し尽くしたのだった。

4

「結局、板東は私を怪我させたので居づらくなり、道場と大学の講師を辞めたのです」

ようやく余韻から覚めた冴香は、まだ全裸のままベッドに身を横たえて吾郎に言った。

「そう、もうそんな話はどうでもいいや。あまりに素晴らしい体だったので、まだ身も心もぼうっとなってる……」

吾郎は添い寝しながら言い、彼女の筋骨逞しい二の腕や、腹筋が段々に浮かぶ腹を撫で回した。

「私も、まさかこんなに気持ち良いなんて思ってもいませんでした。でも、シャワーも浴びていないのに爪先や割れ目やお尻まで舐めるなんて……」

冴香も、まだ興奮覚めやらぬように話を戻した。

「そんなの常識だよ。どうせ板東なんて、ろくに舐めてくれなかったんだろう？」

「ええ、確かに。私と一緒になりたい気はあったようですが、付き合ってみると、何しろがさつで大雑把だと分かりました」

冴香が言い、ようやく起き上がると二人でバスルームに移動した。

シャワーで全身を洗い流すと、もちろん吾郎は床に座り込み、目の前に冴香を立たせ、片方の足を浮かせてバスタブのふちに乗せさせた。

「オシッコ出して」

「まあ、そんなことさせたいんですか……」

言って開いた股間に顔を埋めると、冴香は尻込みしながらも、まだ余韻で朦朧とし、しかも尿意も高まってきたように息を詰めた。

舐めていると、すぐにも割れ目内部の柔肉が迫り出すように盛り上がり、味わいと温もりが変化してきた。

「あう、出ます……」

冴香が息を詰めて言うなり、チョロチョロと熱い流れがほとばしってきた。

それを吾郎は口に受けて味わい、うっとりと喉を潤した。勢いが増すと、口から溢れた分が心地よく肌を伝い流れた。

間もなく流れが治まると、彼は残り香の中で余りの雫をすすり、もちろんすっかりピンピンに回復していった。

「アア、もうダメです。今夜はもう充分」

冴香が腰を引いて言うので、

「じゃ、もう一度歯を外してお口でして」

吾郎は答え、身を起こしてバスタブのふちに腰を下ろした。冴香もその正面に座り込み、手のひらに義歯を吐き出すと、歯のない口でしゃぶりついてくれた。

舌がからまり、亀頭が吸われるたび冴香の上気した頬がすぼまった。

そして何より心地よいのは、唾液に濡れて滑らかな上下の歯茎によるマッサージであった。正に、唇と歯茎と舌による三段階の強烈な愛撫である。

「あう、すぐいく……」

吾郎は摩擦と吸引の中で呻き、たちまち昇り詰めてしまった。

立て続けの二度目なのに、快感と量は少しも衰えず、ほとばしるザーメンがドクンドクンと勢いよく彼女の喉の奥を直撃した。

「ク……、ンン……」

熱い噴出を受けた冴香が呻いたが、なおも舌の蠢きと吸引、歯茎による強烈な摩擦は続行してくれた。

「アア、気持ちいい……」

吾郎は快感に喘ぎ、心置きなく最後の一滴まで出し尽くしてしまった。

グッタリと力を抜いて硬直を解くと、冴香も動きを止め、亀頭を含んだまま口に溜まったザーメンをゴクリと飲み込んでくれた。

「あう……」

キュッと締まる口腔に駄目押しの快感を得た吾郎は呻き、ようやく冴香も口を離してくれた。

「ああ、男のエキス……」

冴香も果てたかのようにうっとりと言い、なおも幹をしごき、尿道口から滲む白濁の雫まで丁寧にすってくれた。別に飲んだからといって、男になれるわけではないのだが、その吸引は貪るようだった。

「あうう、もういい、有難う……」

吾郎は過敏に幹を震わせ、腰をよじって降参したのだった。

5

「おい、タク。お前、探偵の手伝いをする気はないか」

翌朝、開店したばかりの犬神堂に下りると、吾郎は卓郎に言った。

「し、します。何でも！　リリイさんのためなら」

「まあ、リリイというよりその兄貴のためになるがな。この男の身辺を洗ってくれ」

吾郎は言い、昨夜冴香から聞いた板東純二のデータと写真のコピーを渡した。

「何だ、男の尾行ですか」

「お前が女性をつけ回したら、すぐ通報されるだろうが」

吾郎は、黒縁メガネにボサボサ頭、太ったオタク青年を見て言った。

「近所への聞き込みは、結婚相談所の職員のふりをしろ。儂の背広を貸してやるから、無精髭を剃って髪も撫でつけろ」

吾郎は言い、かつて大学に着ていった教授時代の背広を出してきた。

「儂が体重百キロの頃の背広だから、お前にちょうど合うだろう」

吾郎は言って背広を渡した。今はダイエットしたので、吾郎の体重は七十五キロまで落ちている。

卓郎も素直に洗面所へ行って髭を剃り、柄物シャツにノーネクタイで背広を着た。

「おお、似合うじゃないか。少々怪しげだが無害感はある」

吾郎が言うとそこへ利々子がやってきた。

「まあ、どうしたんです。すごいわ」

利々子が、初めて見る卓郎の背広姿に目を見張った。

「素敵ですよ、卓郎さん」

「わあ、本当ですか……」

利々子に言われ、卓郎は喜色を浮かべながらも前屈みになった。好きな利々子に褒められ、急激に勃起したのだろう。

「とっとと行け」

「はい、じゃ行ってきます」

吾郎に言われ、卓郎は何度も熱っぽい眼差しで利々子を見てから、前屈みになって店を出ていった。

「どこへ行ったんです？」

「ああ、ただの使いだ。それよりゴリラ兄からは何か話はあった？」

吾郎が店番の席に着くと、利々子も椅子に腰を下ろした。

「辻斬りの方は、全く目撃者がいなくて進展は無いです。昨夜兄が急に呼ばれたのは、見回りの配置分担だけだったみたい」

「そんな用なら、お見合いの最中に呼ばなくても良さそうなもんだが」

「ええ、兄もお見合いでかなり緊張して、それを解消するために私を呼び出したんです」

剛太も、まさか同じレストランに利々子がいるなど夢にも思っていなかっただろう。

まあ、どちらも大した用でないのに中座してくれたおかげで、吾郎は冴香と懇ろになれたのである。

「ね、どうせ客なんか来ないから店閉めて、二階へ行こう。こないだのウイッグとメガネをかけて」

「ダメです。私はちょっと寄っただけで、これからお友達とお茶だし、昼食は兄に呼ばれてます」

吾郎が誘っても利々子は答え、すぐ犬神堂を出て行ってしまった。

「ああ、あのゴリラ男も妹離れしないといかんなあ……」

吾郎は呟き、仕方なく居眠りしながら店番をしたのだった。昼は、卓郎の買い置きのカップ麺を食った。すると卓郎から電話が入ったのだ。

『中間報告です。板東は道場と大学の講師を辞めてから、警備会社に勤めてます。奴と同じアパートの人も、古くから住んでる話し好きのオバサンばかりで多く話を聞けました』

「そうか、どんな評判だ？」

『板東は、礼儀正しく近所に挨拶をするし、女が訪ねている様子はなく、騒ぐようなこともないようです。休日の昼間はパチンコで、バイクで夜釣りにも行ってるらしく、比較的評判は良いですね』

「分かった。引き続き頼む」

『はい、これから警備会社に行ってみます』

「お前なかなか優秀だな」

吾郎は褒めてやり、卓郎からの電話を切って店番に戻った。

どうにも吾郎は板東が気になるのである。

全ては直感だが、もちろん冴香は、人を斬りたい願望があり、インプラントで金も必要だが、まず彼女はシロだろう。

そして吾郎は読書や居眠りをし、夕方まで退屈な店番をして過ごした。まあ、利々子や卓郎が来る前は、ずっと一人でこうしていたのである。

やがて夕方、また卓郎から電話が入った。

『警備会社の勤務状況も良いようです。でも今日は休みなので、やはり奴はパチンコ屋にいました。明日の出勤も午後からのようで、毎週水曜の夜は夜釣りのようです』

「水曜といえば今日じゃないか。おいタク、夜まで奴のアパートを見張ってくれ。経費ははずむからな。それから」

吾郎は言い、さらに卓郎にいくつかの指示を出しておいた。

『分かりました』

そう答え、卓郎は電話を切った。やはり彼は退屈な店番より、外の仕事を与えると生き生きするタイプらしい。

吾郎は腕を組んだ。

確か、辻斬りの二件は、両方とも水曜の夜の犯行だった。

（釣り竿のケースに日本刀か、有り得るな）

吾郎は思い、利々子にラインを送り、さらに冴香にも連絡しておいたのだった。

確証はないが、利々子は剛太にも知らせるだろう。それに唯一、板東を知っている冴香にも来てもらいたかった。

やがて夜になると、吾郎は店を閉めて犬神堂を出た。そして駅近くの居酒屋に入り、ビールと摘みを頼むと、間もなく背広姿の卓郎が入ってきた。

「ご苦労。奴はアパートへ帰ったか」

「はい、パチンコは負けたようですが。それから、今日の僕の昼食代です」

労《ねぎら》うと、卓郎は向かいに座って言い、レシートを出してきた。

「お前、昼から寿司食ったのか」

「回転ですよ。先生の懐を考えて」

「百貫ぐらい食ってねえか？」

吾郎は言うと長いレシートを受け取り、渋々金を払ってやった。

「それで、首尾は」

「ええ、言われた通りパチンコ屋で奴の隣に座って、聞こえるように携帯で話すふりをしました。約束の五百万は、今夜九時に辰巳《たつみ》公園に持っていくと」

「よし、それでいい。じゃ時間まで食事をしよう」

吾郎が言うと、卓郎は自分のビールと大量の料理を頼んだ。

そこへ利々子も入ってきた。

「何があるんですか、今夜」

彼女が言い、吾郎の隣に座ると急に卓郎の顔が赤くなり、やや前屈みになった。

「兄貴には報せたか。九時に辰巳公園と」

「ええ、確かなことではないので兄一人ですが、今まで手柄をもらってるから先生のことは信用しているようです」

利々子は言い、自分もビールを頼んだ。

「飲み過ぎるなよ。大変な夜になるかもしれんからな」

吾郎はタバコをふかして言い、二杯目の生ビールを注文した。

6

「そろそろ時間だ。タク、行け」

「危ないことじゃないでしょうね」

「ああ、大丈夫だ」

暗がりに身をひそめて言うと、卓郎は空の紙袋を持って公園の中央に出て行った。

ここは児童公園で、子供たちの遊具はあるがデートスポットではないので、夜は閑散とし、周囲も静かな住宅街である。

九時十五分前だ。

卓郎が歩いて行くと、そこへ、すぐにも黒ずくめに目出し帽を被った男が、日本刀を持って現れたではないか。

近くにバイクを停め、やはり卓郎の取引相手が来る前に来たのだろう。

それに何しろ、卓郎の巨体は実に目立って遠くからでも分かりやすい。

「その包みを出せ」

男は低く言い、スラリと日本刀を抜き放つと、街灯の光に妖しく刀身が煌《きら》めいた。

「ふわ……」

こんな目に遭うと知らなかった卓郎は、短く声を洩らし腰を抜かしそうになった。

物陰から見ていた利々子も、事情を知らぬまま横からしっかりと吾郎にしがみついて甘ったるい匂いを揺らめかせた。

と、そこへもう一つの影が現れたのだ。

赤いジャージ上下に黒髪をなびかせた、冴香である。

「待て、板東。私が相手だ！」

冴香が言い、背中に隠し持っていた木刀をスラリと抜いたではないか。

やはり冴香は吾郎から連絡を受け、念のため得物《えもの》を持ってきたのだ。

「さ、冴香がなぜここに……」

呼ばれた板東はビクリと息を呑み、切っ先を冴香に向けた。逃げようにも、青眼に構えた冴香の迫力に硬直していた。

そう、道場では、どう工夫しても板東は冴香に敵わなかったのである。

だが今は、真剣と木刀だ。それに人を斬りたい願望が、ムラムラと板東の全身を包み込みはじめた。

対峙する二人に、とうとう卓郎は尻餅を突き、吾郎たちのいる方へ這い寄ってきた。

「かかってこい、冴香。もう前歯だけでは済まないぞ」

「やはり、あれは故意に」

「ああ、顔を傷つければ嫁にも行かれず、俺だけのものになると思ったのだ」

「愚かな……」

冴香は唇を嚙み、こんな男に処女を与えたのかと思ったか、切っ先を上下に震わせた。

と、板東が踏み込み、袈裟懸けに激しく斬りつけてきた。

咄嗟に冴香は避けたが、長い髪の数本が斬られて舞い、同時に彼女の渾身の小手打ちが板東の右手首に叩きつけられていた。

「く……！」

目出し帽の板東は呻き、思わずガラリと得物を取り落とした、そのとき、

「遅れて済まん！」

もう一人、剛太が叫んで駆け寄り、いきなり板東の右手を両手で摑んだ。

そのまま激しく引き寄せるなり、

「とおーッ」

裂帛《れっぱく》の気合いとともに壮絶な払い巻き込み、というより山嵐に近い大技だ。

「うわ……！」

腰を払われた板東は呻き、見事に一回転して土に叩きつけられた。

（さ、さすがに強い……）

見ていた吾郎は舌を巻いた。

剛太は、袈裟固めに抑え込みながら手錠を出し、

「殺人未遂の現行犯で逮捕する！」

言いながらカチリと板東の手首を固定した。板東は剛太にのしかかられ、胸が圧迫されて苦しいのか、ポンポンと彼の腕を叩いて必死に降参の合図をした。

そこへ駆け寄った冴香が、板東の目出し帽を剝ぎ取ると、精悍な顔が現れた。

吾郎と利々子も、卓郎を支え起こしながら近づいた。

「大丈夫か！」

剛太が冴香に振り返って言うと、彼女もぼうっと上気した顔で頷いた。

「ああ、無事で良かった」

剛太は安堵に息を吐いて言い、やがて仲間に連絡を取ると、間もなくサイレンの音が聞こえてきたのだった。

「ひどいですよ、先生。刀を突き付けられる役なんて……」

卓郎が、今にも失禁しそうになりながら恨み言を言った。

「今回はお前の働きだ。リリイの前だから、もっとシャンとしろ」

吾郎は言い、卓郎の尻をペチンと叩いた。

7

「板東純二は、全ての犯行を自供しました」

翌日の昼過ぎ、剛太から話を聞いたらしい利々子が来て吾郎に報告した。

犬神堂の二階である。

卓郎は大人しく階下で店番だ。危ない仕事などより、退屈な店番の方が良いと思いはじめているらしい。

「そうか、一件落着だな」

「ええ、兄も、いつも手柄を譲ってもらい感謝してます。それに」

「何だね？」

「兄が、冴香さんとお付き合いをはじめたようです」

「ええッ……？」

吾郎は目を丸くした。

「冴香さんは、レストランでは兄をダサいと思ったけど、仕事中の凜々しい姿を見て心を奪われたみたいです」

「へええ、瓢簞から駒か。じゃ結婚も充分に有り得そうだな」

吾郎は言い、剛太と冴香のセックスを思い浮かべた。

あのゴリラ男は自分のような丁寧な愛撫をするだろうかと、少し心配になったが、まあ欲求不満になれば、また自分がしてやれば良いのである。

そう思うと、吾郎は目の前の利々子にムラムラと欲情してきた。

「ね、奥のベッドへ行こう。儂は昼食後の歯磨きとシャワーは終えたばかりだからね」

利々子の手を引いて言うと、彼女も兄の手柄のことがあるのか、素直に従ってくれた。

「そうそう、ウイッグとメガネを」

吾郎は言い、事務所に置いてある変装道具を彼女に渡して寝室に入った。

そして彼は三秒で作務衣と下着を脱ぎ去り、全裸でベッドに横たわった。

利々子も手早く脱ぎ去ると、メガネとウイッグを装着してくれた。

「わあ、綺麗だ。別人のようで興奮する」

「結局、私以外の女性が良いということですよね」

「そんなことないよ、リリイがこの世で一番好き」

吾郎はピンピンに勃起しながら言い、彼女の手を引いて添い寝させた。

腕枕してもらうと、形良い胸元や腋から甘ったるい汗の匂いが漂い、その刺激が鼻腔から股間に伝わってきた。

さらに指で乳首を弄びながら伸び上がり、

「ああ……」

喘ぎはじめた利々子の吐息を嗅ぐと、彼女本来の甘い花粉臭に昼食の名残のオニオン臭も混じり、悩ましい刺激が鼻腔を掻き回してきた。

「ああ、やっぱり匂いがする方がいい」

「何ですか、やっぱりって」

「ううん、何でもない。ね、ほっぺ噛んで」

言うと利々子も口を寄せ、吾郎の頬にキュッと甘く歯を立ててくれた。

「ああ、いい、やっぱりナマの歯は」

「何ですか、ナマの歯って」

「ううん、何でもない」

吾郎は甘美な刺激に興奮を高めながら答え、やがて彼女の乳首にチュッと吸い付いていった。

舌で転がしながら顔中を柔らかな膨らみに押し付けて感触を味わうと、

「アア……」

徐々に利々子も熱く喘ぎはじめ、クネクネと身悶えはじめていった。

両の乳首を充分に味わうと、彼は利々子の汗ばんだ腋の下にも鼻を埋め込み、甘ったるい体臭に噎せ返った。

しかし、汗の匂いだけは稽古後の冴香の方が濃厚だった。

吾郎は胸を満たしてから、彼女の肌を舐め降り、形良い臍を探り、腰から脚をたどっていった。

利々子も、彼の愛撫のパターンを熟知しているので、喘ぎながら身を投げ出していた。

足裏に舌を這わせ、指の間に鼻を押し付けると、ムレムレになった匂いを貪った。そして爪先にしゃぶり付き、指の股に舌を割り込ませて味わった。

「あう……」

利々子はビクリと足を震わせて呻き、唾液に濡れた指で彼の舌を挟み付けた。

吾郎は両足とも、全ての味と匂いを貪り尽くすと、股を開かせて脚の内側を舐め上げていった。

白くムッチリした内腿を辿り、股間に迫ると割れ目からはみ出した花びらが露を宿して妖しく息づいていた。

顔を埋め込み、柔らかな茂みに鼻を擦りつけて嗅ぐと、蒸れた汗とオシッコの匂いが悩ましく鼻腔を刺激してきた。

膣口に舌を挿し入れ、淡い酸味のヌメリを掻き回し、ゆっくり味わいながらクリトリスまで舐め上げていった。

「アアッ……、いい気持ち……」

利々子が顔を仰け反らせて喘ぎ、内腿で彼の顔を挟み付けてきた。

クリトリスは冴香より小粒だが、感度は同じぐらいだろう。

吾郎は味と匂いを貪ってから、利々子の両脚を浮かせ、尻の谷間に鼻を埋め込んだ。

可憐な薄桃色の蕾に籠もる匂いを嗅いでから舌を這わせ、ヌルッと潜り込ませて滑らかな粘膜を味わうと、

「あう……」

利々子が呻き、モグモグと肛門で舌先を締め付けてきた。

充分に舌を蠢かせてから足を下ろし、再び割れ目を舐め回すと、

「も、もうダメ、いきそう……」

利々子が嫌々をして言うので、彼も顔を上げた。彼女の高まりもすっかり伝わり、やはり舐められて果てるより、一つになりたいのだろう。

吾郎が仰向けになっていくと、入れ替わりに彼女も身を起こした。

「ここ舐めて」

自ら両脚を浮かせ、両手で尻の谷間を広げると、利々子も嫌がらずに屈み込み、チロチロと肛門を舐めてくれた。さらにヌルッと舌先が潜り込むと、

「あう、気持ちいい……」

吾郎は呻き、肛門で美女の舌先を締め付けた。熱い鼻息で陰嚢をくすぐりながら、利々子が中で舌を蠢かせると、内側から刺激されるように勃起したペニスがヒクヒクと上下して粘液が滲んだ。

ようやく脚を下ろすと、利々子も舌を引き離して陰嚢を舐め回し、二つの睾丸を転がしてくれた。

そしてせがむように幹をヒクつかせると、彼女も前進して先端に迫り、粘液の

滲む尿道口を舐めてくれた。

そのまま張り詰めた亀頭を咥えると、スッポリと喉の奥まで呑み込み、熱い息を股間に籠もらせて舌をからめた。

たまに歯が当たると、冴香の歯のない口も素晴らしい快感だったが、やはり自然のままが一番良いのだと思った。

股間を見ると、茶髪のウイッグにメガネの美女が無心におしゃぶりをしている。

ズンズンと股間を突き上げると、

「ンン……」

喉の奥を突かれた利々子が小さく呻き、たっぷりと唾液を出してペニスを温かく浸してくれた。

「い、いきそう、跨いで入れて……」

すっかり高まって言うと、利々子もチュパッと軽やかな音を立てて口を離し、身を起こして前進してきた。

幹に指を添え、先端に濡れた割れ目を押し当てると、息を詰めてゆっくりと腰を沈み込ませていく。

張り詰めた亀頭が潜り込むと、あとはヌルヌルッと滑らかに根元まで呑み込まれた。

「あぁッ……！」

股間を密着させた利々子が顔を仰け反らせて喘ぎ、味わうようにキュッキュッと締め付けた。

吾郎も肉襞の摩擦と潤い、熱いほどの温もりに包まれながら快感を嚙み締め、両手を伸ばして抱き寄せた。

利々子が身を重ねてくると、彼は両膝を立てて尻を支え、下からしがみついた。

顔を引き寄せて唇を重ねると、利々子は熱い息で彼の鼻腔を湿らせながら、自分から舌を挿し入れてくれた。

ネットリと舌をからめ、下向きのためトロトロと注がれる唾液で、彼はうっとりと喉を潤した。

徐々に突き上げを強めていくと、利々子も合わせて腰を遣いはじめ、二人の接点からはピチャクチャと淫らに湿った摩擦音が聞こえてきた。

「アア……、いい気持ち……」

利々子が口を離し、淫らに唾液の糸を引きながら喘いだ。

吾郎はなおも彼女の顔を引き寄せ、喘ぐ口に鼻を押し込み、濃厚な吐息でうっとりと胸を満たした。

「い、いく……！」

たちまち吾郎は昇り詰めて口走り、ありったけの熱いザーメンをドクンドクンと勢いよくほとばしらせてしまった。

「か、感じる……、アアーッ……！」

利々子も声を上ずらせて喘ぎ、ガクガクと狂おしいオルガスムスの痙攣を開始した。

吾郎は悩ましい匂いと摩擦に包まれながら快感を味わい、心置きなく最後の一滴まで出し尽くしていった。

すっかり満足しながら突き上げを弱めていくと、

「ああ……」

利々子も満足げに声を洩らし、力尽きたように肌の強ばりを解いてグッタリともたれかかってきた。

まだ膣内はキュッキュッときつい締め付けを繰り返し、刺激された幹が内部でヒクヒクと過敏に跳ね上がった。

そして吾郎は利々子の重みと温もりを受け止め、熱く濃厚に甘い吐息を胸いっぱいに嗅ぎながら、うっとりと快感の余韻に浸り込んでいった。

「ああ、気持ち良かった……」

「下に響かなかったかしら……」

吾郎が言うと、利々子は思い出したように階下の卓郎を気にしながら、互いに熱く荒い呼吸を混じらせた。

やがて身を起こすと、二人はティッシュの処理も省略してバスルームへ行き、シャワーを浴びてさっぱりした。

すると、スマホ着信を見た利々子が言う。

「兄が今夜、冴香さんとリベンジ夕食なので、良ければ私も来てくれないかって」

「ああ、勤務中以外は、妹離れできないダメ男か……。よし、二人で行って奴に奢らせようか」

吾郎は言い、二人で手早く身繕いをしたのだった。

第五話　ダブルでつゆだく

1

「おい、タク、すぐに店を閉めて二階で留守番しておれ。儂は出かけるからな」

犬神吾郎が、古書や骨董を売る犬神堂で店番をしている卓郎に言うと、彼は勢い込んで立ち上がった。

「に、二階に上がっていいんですか」

卓郎が喜色を浮かべて言う。二階は吾郎の住居で、リリイ探偵事務所を兼ねている。

リリイとは、所長をしている二十三歳の吉井利々子で、卓郎の憧れの美女だ。

「ああ、儂とリリイは、あのゴリラ兄の引っ越しの手伝いに行かにゃならん。結婚前だが奴は冴香さんの家に住むことになった」

「へえ、リリイさんの兄の刑事、剣道場の娘と結婚するんですか、いいなあ」

卓郎が羨ましそうに言った。

刑事をしている利々子の兄、剛太は前回の事件が切っ掛けで結城冴香と親しくなり、道場の二階が広いのでマスオさん状態で同居することになったのである。

これで兄とマンションで暮らしていた利々子も、晴れて一人暮らしとなるのだ。

「いいか、依頼人が来ても探偵の真似事なんかせず、事情だけ伺っておくんだぞ。シャワーを浴びて身綺麗にしてから二階へ行け。それから二階でセンズリかくなよ」

「分かってます。行ってらっしゃい」

卓郎が言うと、六十代半ばでスキンヘッド、作務衣姿の吾郎は二階の鍵を預け、心配そうにしながらも出ていった。

（さて！）

卓郎は一人きりになるとシャワーを浴びて歯磨きをし、洗濯済みの下着やシャツを着て犬神堂を出た。

普段は客も来ないので、店番しながらエロ本を見つつオナニーしていた彼だが、今日は憧れの二階へ行けるので早くも股間が疼いていた。

店を閉めて施錠すると、卓郎は外階段を上がって二階へと行った。

小田卓郎は二十五歳、家はスポーツジムを経営しているが運動が苦手で小太りの彼は、大変態の吾郎に心酔し、犬神堂に居候していた。黒縁メガネのボサボサ頭、見るからにオタク風で、日に二回三回と射精しないと落ち着かないが、何しろモテず未だに女性と付き合ったことがない。

学生時代にたった一回だけ風俗へ行ったことがあるが、風俗嬢は清潔すぎて無味無臭、匂いフェチである卓郎は失望し、以後風俗に行くこともなく、ひたすら素人女性との行為を夢見ていた。

リリイ探偵事務所の看板の掛かったドアを開け、二階に入ると卓郎は室内を見回した。

入るとすぐにリビングで、そこが探偵事務所の応接室となっている。

奥は吾郎の寝室にバストイレ、キッチンなどがある。

利々子は通いだから、ここに住んでいるわけでもないので、彼女の匂いのするものはない。吾郎の匂いの沁み付いたベッドなど興味はないし、利々子はトイレを使うだろうが、吾郎も使っているので便座に頬ずりしても仕方がなく、汚物入れも置かれていなかった。

それでも卓郎は、持ってきた盗撮カメラを物陰にセットし、普段利々子が座るソファに向けてスイッチを入れた。

本体は階下で、全てリモートで録画できるようにしてきたのだ。

本当はトイレにセットしたかったが、吾郎ばかり入ってきたら困る。ただ彼は利々子の顔さえ見られれば、それでオナニーするだけで良かったのである。

書類棚の上には神棚があり、犬神明神と書かれた小さな提灯があった。そして、そこに一千万円の札束が置かれていた。

先日、吾郎が宝くじのミニロトで一等を当てたのである。振り込みでなく、現金でもらい縁起物として神棚に置いてあるのだ。

「僕も、犬神先生のような強運の持ち主になれますように」

卓郎は呟いて一礼し、神棚の札束に向かって柏手を打った。

さらに彼は、室内を見回して利々子の私物でもないものかと探ったが、特に何も見当たらなかった。

それでも、いつも利々子が来る部屋にいるだけで股間が熱くなってきた。吾郎と約束したが、どうにもオナニー衝動が抑えられなかったのだ。

しかし、彼が脱ごうとしたそのとき、いきなりドアがノックされたのである。

「は、はい……！」

卓郎は慌てて返事をし、急いで身繕いしながら玄関に向かった。

ドアを開けると、何と若い美女が二人揃って頭を下げてきたではないか。

「あの、私たち利々子の同級生で、ご相談があって来ました」

「はあ、まあどうぞ」

言われて、とにかく卓郎は二人を中に入れた。すると、入って来た二人はちゃんとドアを内側からロックしたではないか。

清楚な服を着た二人が並んでソファに座ると、彼も向かいに腰を下ろした。

どちらも美形で、利々子と同級生なら二十三歳ぐらいだろう。

ユリと名乗った子はロングヘアでおっとりしたタイプ、ミイと名乗った方はボブカットで悪戯っぽい眼差しをしている。

そのどちらも巨乳で、見事なプロポーションをしていた。

（イヌ派とネコ派だな……）

卓郎は混じり合った甘い匂いを感じ、股間を熱くさせながら思った。

「小田卓郎です。あの、オーナーも利々子所長も留守で、僕はバイトの留守番なのでお話を伺うことしか出来ませんので」

「いえ、実は卓郎さんにお願いがあって来たんです」

「え……？　僕に……？」

「はい、私たちは女同士で暮らしているんですが、そろそろお互い男性を知ろうということになって、利々子に相談したら、良い人がいると聞いてここへ」

「うわ……」

言われて、卓郎は目を丸くした。

では二人は、まだ処女なのだろう。

利々子も、今日は卓郎一人だからと、二人にメールでもしてくれたようだ。

（リリイさんがしてくれたらいいのに……）

卓郎は一瞬そう思ったが、たちまち目の前の二人に淫気が全開になった。

「では、僕と、その……」

「ええ、一対一だと心細いので、二人いっぺんに体験させて下さい」

言うなり二人は立ち上がり、ためらいなく脱ぎはじめたではないか。

「さあ、卓郎さんも早く脱いで」

言われ、彼も興奮しながら服を脱ぎはじめていったのだった。

2

（ゆ、夢じゃないだろうか……）

全裸になった卓郎は舞い上がり、シャワーを浴びておいて良かったと思った。

初めての二階での留守番で、こんなに良いことが舞い込んできたのである。

もちろん吾郎のベッドを使うわけにいかないので、彼はソファの背もたれを倒した。これは利々子の仮眠用で、ソファベッドになっているのだ。

二人も一糸まとわぬ姿になると、彼の身体を押しやってベッドに横たえた。

「最初は二人で、好きにさせて下さいね。それからバイブの挿入には慣れているので、遠慮なく入れて動いて下さい。ピルも飲んでいるので中出しOKです」

「うわ、嬉しい……」

卓郎は仰向けになって言った。もちろん彼自身はピンピンに屹立している。

「私たちも、こんなに勃《た》っていて嬉しいわ」

二人は言い、一緒にベッドに乗って屈み込むと、同時に彼の左右の乳首に吸い付いてきたのだ。

「あう……」

生温かく濡れた唇が両の乳首に吸い付き、熱い息が肌をくすぐってきた。

そして二人の舌がチロチロと乳首を舐め回すと、卓郎は少しもじっとしていられずクネクネと身悶えた。

「き、気持ちいい……、噛んで……」

思わず言うと、二人も綺麗な歯並びで左右の乳首をキュッキュッと噛んでくれた。

「あうう、いい、もっと強く……」

甘美な刺激に呻きながら彼は幹をヒクつかせ、先端から粘液を滲ませはじめた。

ユリの長い髪がサラサラと肌をくすぐり、二人の方からは生ぬるく甘ったるい匂いが漂ってきた。風俗嬢とは違う、ナマの汗の匂いである。

今までモテずに悶々としていたのは、この良き日のためだったのだと思った。吾郎の近くにいると、その強い運気が自分にも巡ってきたのかも知れない。

二人は充分に両の乳首を愛撫すると、そのまま肌を舐め降り、脇腹や下腹にもキュッと歯を甘く食い込ませてきた。

そのたびに卓郎はウッと息を詰めて硬直し、何やら二人の美女に全身を食べられているような気になった。

そして二人は彼の股間を迂回し、腰から脚を舐め降りていったのである。

じっとしていると両の足裏が舐められ、爪先にもしゃぶり付き、指の股に順々にヌルッと舌が割り込んできたではないか。

「あう、いいよ、そんなことしなくて……」

卓郎が申し訳ないような快感に呻いて言ったが、二人は愛撫を止めないので、彼を感じさせるというより初の男を隅々まで賞味しているようだった。

たちまち卓郎の爪先は、美女たちの生温かな唾液にまみれた。

やがて二人は彼を大股開きにさせ、脚の内側を舐め上げてきた。内腿にもキュッと歯が立てられ、混じり合った息が股間に籠もりはじめた。

するとユリが彼の両脚を浮かせ、尻の谷間をチロチロと舐めてくれたのだ。

「く……！」

ヌルッと舌が肛門に潜り込むと、彼は激しい快感に呻き、モグモグと肛門で舌先を締め付けた。ユリは内部で舌を蠢かせ、やがて離すと、すかさずミイも同じように舌を挿し入れてきた。

熱い鼻息が陰嚢をくすぐり、卓郎は二人分の舌先を肛門で味わった。

脚が下ろされると、二人は頰を寄せ合って同時に陰嚢にしゃぶり付いた。それぞれの睾丸が舌で転がされた。

せがむように幹が上下すると、ようやく二人も前進し、肉棒の裏側と側面を同時に舐め上げてきた。

滑らかな舌が先端まで来ると、二人は交互に粘液の滲む尿道口を舐め回し、代わる代わるスッポリと含んでくれた。

「アア、気持ちいい……」

卓郎はダブルフェラの快感に喘ぎ、急激に絶頂を迫らせてしまった。

二人も喉の奥まで呑み込んでは口で幹を締め付けて吸い、充分に舌をからめ、スポンと引き離しては交代した。

たちまち彼自身は、美女たちのミックス唾液にまみれて震えた。

「い、いきそう……」

卓郎が警告を発するように言っても、二人は交互に含んでは舌を蠢かせ、吸引と摩擦を繰り返した。

もう限界である。

「い、いく……、アアッ……！」

とうとう卓郎は絶頂に達し、大きな絶頂の快感に全身を貫かれながら喘いだ。

同時に、熱い大量のザーメンがドクンドクンと勢いよくほとばしり、ちょうど含んでいたユリの喉の奥を直撃した。

「ンン……」

噴出を受けた彼女が小さく呻き、それでも吸引を続行してくれた。まるで陰嚢から直にザーメンを吸い出され、ペニスがストローと化したかのようだ。

「あうう、すごい……」

卓郎は、魂まで吸い取られる心地で呻き、最後の一滴まで出し尽くしてしまった。

グッタリと身を投げ出すと、ユリも動きを止め、亀頭を含んだまま口に溜まったザーメンをコクンと飲み込んでくれた。

「あう……」

喉が鳴ると同時に口腔がキュッと締まり、彼は駄目押しの快感に呻いた。

ようやくユリが口を離すと、ミイが幹をしごき、尿道口から滲む余りのザーメンを丁寧にチロチロと舐め取ってくれた。

「く……、も、もういい……」

卓郎は呻いて言い、降参するように腰をくねらせ、ヒクヒクと過敏に幹を震わせた。

ミイが舌を引っ込めると、

「いっぱい出たわね」

ユリが言い、二人は一緒に身を起こした。

「ね、回復するまで、してほしいことはあるかしら？」

「あ、足の裏を顔に乗せて……」

言われて、彼は息を弾ませながら答えた。

別に、そんなことをされなくても二人いるから快復力は倍加し、瞬時に回復しそうだが、この際だからお願いしてみた。

「いいわ、こう？」

二人は言うと、ためらいなく卓郎の顔の左右に立った。

二人の全裸美女を真下から見上げるのは何とも壮観である。二人は体を支え合いながら片方の足を浮かせ、同時に彼の顔に足裏を押し当ててくれたのだった。

3

「ああ、気持ちいい……」

卓郎は二人分の足裏を舐めながら喘ぎ、それぞれの指の股に鼻を押し付け、ムレムレの匂いに酔いしれた。

充分に嗅いでから爪先にしゃぶり付き、汗と脂に湿った指の股を念入りに舐め回した。

「あん、くすぐったいわ……」

二人ははしゃぐように言い、足を交代してくれ、彼は新鮮な味と匂いを貪り尽くしたのだった。

「跨いで、顔にしゃがんで」

口を離して言うと、ユリが先に跨がり、和式トイレスタイルでしゃがみ込んできた。

スラリとした長い脚がM字になり、脹ら脛と内腿がムッチリと張り詰めて量感を増し、股間が彼の鼻先に迫ってきた。

丘には黒々と艶のある恥毛が煙り、割れ目からはみ出した花びらは露を宿して熱気が籠もっていた。

腰を抱き寄せ、密集する茂みに鼻を埋め込んで嗅ぐと、蒸れた汗とオシッコの匂いが悩ましく鼻腔を刺激してきた。

（ああ、美女のナマの匂い……）

卓郎は感激と興奮の中で思い、胸いっぱいに吸い込みながら舌を這わせた。

膣口に入り組む襞をクチュクチュ掻き回し、淡い酸味のヌメリを吸いながらツンと突き立つクリトリスまで舐め上げていくと、

「アアッ……、いい気持ち……」

ユリが熱く喘ぎ、キュッと股間を彼の顔に押し付けてきた。

クリトリスを刺激すると愛液の量が増し、彼は味と匂いを堪能してから、ユリの尻の真下に潜り込んだ。顔中に弾力ある双丘を受け止め、谷間でひっそり閉じられた可憐なピンクの蕾に鼻を埋め、蒸れた匂いを嗅いでから舌を這わせた。

自分がされたようにヌルッと潜り込ませ、滑らかな粘膜を探ると、

「く……」

ユリが呻き、キュッと肛門で舌先を締め付けてきた。

「ね、交代して」

するとと、待ち切れなくなったようにミイが言い、ユリもノロノロと股間を引き離した。

すかさずミイが跨がってしゃがみ、趣の異なる割れ目が目の前に迫った。

ミイの恥毛は薄めだが、クリトリスは大きめだった。そして二人とも、大量の愛液を漏らしているではないか。

ミイの恥毛にも鼻を埋め込んで嗅ぐと、やはり濃厚に蒸れた汗の匂いが籠もり、ほのかな残尿臭の刺激も混じっていた。

胸を満たしながら舌を這わせ、膣口から大きめのクリトリスまで舐め上げていくと、

「アア、いいわ……」

彼女が喘ぎ、グイグイと股間を押しつけてきた。卓郎は味と匂いに酔いしれてから、尻の真下に鼻を埋め込み、蕾に籠もる蒸れた匂いを貪り、舌を這わせて潜り込ませた。

滑らかな粘膜はほんのり甘苦い味がして、彼女もキュッキュッと肛門できつく舌先を締め付けてきた。

「完全に元通りになったわ」

するとユリが言い、自分から跨がり、女上位で挿入してきたではないか。

ミイも彼の顔の上から離れ、一つになってゆく様子を覗き込んだ。

ヌルヌルッと一気に腰を沈めると、彼自身は滑らかな肉襞の摩擦に包まれ、根元まで完全に嵌まり込んでいった。

「アア……、奥まで感じるわ……」

ユリがピッタリと股間を密着させて喘ぎ、そのまま身を重ねてきた。

卓郎も、挿入快感だけで暴発しそうになるのを懸命に堪えた。さっき二人の口に射精していなかったら、とても堪えられなかったことだろう。

彼はユリを抱き寄せ、潜り込むようにして乳首に吸い付き、顔中で柔らかな膨らみを味わった。そして両の乳首を順々に味わうと、添い寝してきたミイの身も引き寄せ、そちらの乳首も味わった。

二人分の両の乳首と膨らみを堪能し、さらに腋の下にも鼻を埋め、蒸れて甘ったるい汗の匂いに噎せ返った。

二人とも汗っかきらしく、しかも二人分だから濃厚に混じり合った体臭で、すぐにも彼は高まってしまった。

するとユリが徐々に腰を動かしはじめたので、彼も無意識に両膝を立てて尻を支え、ズンズンと股間を突き上げはじめていった。

「アア、感じるわ、すぐいきそうよ……」

ユリが喘ぎ、収縮と潤いを活発にさせてきた。下から顔を抱き寄せ、唇を重ねると、ユリの方からヌルリと舌を潜り込ませ、ネットリと絡み付けてくれた。

さらにミイも横から割り込むように唇を押し付け、何と三人で舌をからめ合いはじめたのだ。

何という贅沢な快感であろう。

彼は二人分の舌を味わい、混じり合った唾液をすすった。二人の息で顔中が湿り、ユリは動きを速めてきた。

「アア、いっちゃう……」

ユリが口走ると、卓郎も激しく突き上げた。

二人の口から熱く洩れる息が湿り気を含み、どちらも同じものを飲み食いしているせいか、実に良く似た匂いだった。

甘酸っぱい息の匂いが濃厚に混じり合って鼻腔を満たし、たちまち彼も二度目の絶頂を迎えてしまった。

「い、いく……！」

口走りながら、熱いザーメンをドクンドクンと噴出させると、

「あう、熱いわ、気持ちいい……！」

奥深い部分を直撃されたユリが呻き、締め付けを強めてきた。バイブによる挿入体験しかしていないので、ザーメンの噴出を受けたのは初めてらしい。

「もっと出して。ああーッ……！」

ユリが声を上げながら激しいオルガスムスに身悶え、彼も心ゆくまで快感を嚙み締め、最後の一滴まで出し尽くしていった。

すっかり満足しながら徐々に突き上げを弱めていくと、

「アア……」

ユリも声を洩らし、力尽きたようにグッタリともたれかかってきた。

まだ膣内はキュッキュッと名残惜しげに収縮し、刺激された幹が内部でヒクヒクと過敏に跳ね上がった。

「あう、もう動かないで……」

ユリも敏感になったように呻き、ようやく卓郎もグッタリと身を投げ出した。

そして二人分のかぐわしい吐息を間近に嗅ぎながら、うっとりと快感の余韻に浸

り込んでいったのだった。

「ねえ、早く私にも」

「す、少し休ませて……」

　ミイに言われ、卓郎は答えながら、必死に回復に努めたのだった。

4

「じゃ二人で僕の肩を跨いで、オシッコかけてね」

　休憩のためバスルームでシャワーを浴びてから、床に座った卓郎が言うと、ユリとミイも両側から肩に跨がってくれた。

　股間が突き出されたので、彼は交互に二人の割れ目を舐め回した。シャワーで匂いは薄れてしまったが、どちらも愛液が泉のように湧き出していた。

「出るわ、いいのね？」

　尿意を高めていたユリが息を詰めて言い、間もなくチョロチョロと熱い流れがほとばしってきた。続いてミイも、ゆるゆると放尿を開始した。

　卓郎は二人の太腿を抱えながら交互に顔を向け、流れを舌に受けて味わった。

どちらも味も匂いも淡く、飲み込むにも抵抗が無かった。

「ああ、変な気持ち……」

ミイが言いながら、勢いを増してきた。

二人同時の放尿だから、彼の全身に温かなシャワーが降りかかって肌を伝いながら、回復してきたペニスが心地よく浸された。

ようやく二人の流れが治まると、卓郎は残り香の中で舌を這わせ、交互に余りの雫をすすった。

やがてもう一度シャワーを浴び、身体を拭くと三人は全裸のままベッドに戻った。

再び卓郎が仰向けになると、二人は同時に屈み込み、またペニスに舌を這わせては、交互に含んでくれた。

「ああ、気持ちいい……」

卓郎は快感に喘ぎ、二人の舌の蠢きと吸引の中で、完全に元の硬さと大きさを取り戻した。二人も唾液に濡らしただけで顔を上げ、今度はミイが跨がり、先端に割れ目を押し当ててきた。

感触を味わうようにゆっくり座り込んでくると、たちまち彼自身はヌルヌルッと滑らかに根元まで呑み込まれていった。

「アアッ……、いいわ……」

股間を密着させたミイが喘ぎ、身を重ねてきた。

卓郎も下から抱き留め、膝を立ててミイの尻を支えながら、隣のユリも抱き寄せた。

「唾をいっぱい飲ませて」

ズンズンと股間を突き上げはじめながら言うと、二人もすぐに顔を寄せ、形良い唇をすぼめると、白っぽく小泡の多い唾液を交互にグジューッと吐き出してくれた。

それを舌に受け、二人分のミックスシロップを味わい、うっとりと喉を潤した。

「顔中も唾でヌルヌルにして」

さらにせがむと、二人も彼の頬や鼻をヌラヌラと舐め回してくれた。舐めると言うより吐き出した唾液を舌で塗り付ける感じで、たちまち彼の顔中は二人分の唾液で生温かくヌラヌラとまみれた。

しかも二人の甘酸っぱい息の匂いに高まると、彼は激しく股間を突き上げはじめていった。ミイも動きを合わせ、収縮と潤いを増しながら股間をぶつけ合った。

「い、いく、気持ちいい……！」

たちまち卓郎は声を洩らし、三度目とも思えない大きな絶頂快感を迎えた。同時に、ありったけの熱いザーメンがドクンドクンと勢いよくほとばしると、

「も、もっと出して……、アアーッ……！」

噴出を感じたミイもオルガスムスに達し、声を上ずらせながらガクガクと狂おしい痙攣を開始したのだった。

最後の一滴まで出し尽くし、すっかり満足しながら卓郎が突き上げを弱めていくと、

「ああ、溶けてしまいそう……」

ミイも満足げに言いながら力を抜き、遠慮なく体重を預けてきた。

まだ息づく膣内で幹を震わせ、彼は二人分の温もりと息の匂いを嗅ぎながら、うっとりと余韻を味わった。

やがて呼吸を整えるとミイがノロノロと身を起こし、股間を引き離した。するとユリが、愛液とザーメンにまみれたペニスにしゃぶり付き、舌で綺麗にしてくれたのだった。

「あうう、も、もういい……」

卓郎は腰をよじりながら言うと、ミイは先にシャワーを浴びにいってしまった。ユリはベッドを降り、そのまま身繕いをはじめ、卓郎はまだ力が抜けたまま身を投げ出していた。

やがてミイが戻ると服を着て、バッグからペットボトルを出して口に含んだ。そのまま彼女は卓郎に唇を重ね、口の中で生温かくなった液体を注ぎ込んできたのだ。

ほのかにハーブの香りのする茶を飲み込むと、卓郎もようやく落ち着き、二人もの美女を相手に素人童貞を捨てた感激が湧き上がってきた。

「すごく良かったわ。利々子に感謝ね」

ユリは言い、ペットボトルを受け取ると、彼女も口移しに飲ませてくれた。

「口をゆすいでから飲ませて」

卓郎が仰向けのまま言うと、ユリは残りの茶を全て含んで口を漱ぎ、口移しに飲ませてくれたのだった。

「じゃ、私たちは帰るわね。また会いましょう。利々子によろしく」

二人は言ったが、いつしか卓郎は心地よい気怠さの中で、深い睡《ねむ》りに落ちてしまったのだった……。

5

「おい、タク、起きろ！」

吾郎の声がし、卓郎は頬をピタピタ叩かれて目を開けた。

「あ、先生……、リリイさんも……」

朦朧としながら卓郎が顔を向けると、どうやら引っ越しの手伝いも済んだようで、帰ってきた吾郎と利々子が揃い、外もだいぶ日が傾きかかっていた。

「何があった。二人分の女の匂いがするぞ」

警察犬並みに鼻の利く吾郎が言うと、

「服を着てよ！」

利々子が怒鳴り、散らばっている服を卓郎に投げつけてきた。

「す、すいません……」

完全に目を覚ました卓郎は身を起こし、急いで身繕いをした。

「リ、リリイさん、二人を紹介してくれて有難うございました」

「何のこと？」

卓郎が礼を言うと、利々子が、ようやく服を着た彼を見て怪訝そうに言う。

「大学で一緒だったという、ユリさんとミイさんです」

「知らないわよ、そんな名前」

利々子が言った途端、吾郎が叫んだ。

「おい、神棚の一千万が無くなってるぞ！」

「何ですって……！」

その声に利々子も神棚に駆け寄り、卓郎も急いで伸び上がった。すると一千万の札束が消え、そこに何かが置かれている。

「何だ、こりゃ、造花の一枝か」

「ロ、ローズマリー……、兄が追ってる」

「怪盗ローズマリーか、女二人組の！」

二人は顔を見合わせて言い、卓郎は呆然と立ちすくんだ。

そういえば最近、確か二人がかりの色仕掛けで金持ちを誑《たぶら》かし、眠らせて金を盗み、ローズマリーの造花を置いておくという事件が頻発しているのである。

「じゃ、あの口移しのハーブティーに睡眠薬が……」

「全くお前は、飲み物には気をつけろって言ってるじゃないか。前も毒入りのオシッコで死にかけただろうが！」

　卓郎が呟くと、吾郎が怒鳴りつけた。

　利々子は背もたれを起こし、卓郎が全裸で寝ていたソファを不機嫌そうにファブリーズしていた。

「どうやら、儂が宝くじを当てたこととか、今日はタク一人になることなどを調べ上げていたんだろう」

　ようやく三人は、それぞれの場所に座って話し合った。

「それで、最後まで出来たのか」

「ええ、二人相手に三回射精しました……」

「せめてもの救いだな。他の事件では、金持ちたちは眠らされただけだから、二人はよほどお前がタイプだったんだろう」

　吾郎が言うと、気が知れないというふうに利々子が首を振って嘆息した。

「お、お金は何とか弁償しますので……」

「そんなことはいい。どうせ親父に泣きつくだけだろう。元々はあぶく銭だ」

　卓郎がうなだれて言うと、吾郎は太っ腹なところを見せてくれた。

「造花のローズマリーにも指紋などは残っていないだろう。何の痕跡も残さず、今までの被害者たちも、朦朧として二人の人相もろくに覚えていないようだ」

「あ……!」

吾郎の言葉を遮るように、いきなり卓郎が大声を出した。

「何だ、一体」

「録画してます。下の部屋で見ましょう」

卓郎は言って立ち上がり、棚の陰に仕掛けておいた小型カメラを回収した。

「そんなのをセットしていたの……」

利々子が呆れて言ったが、何のためとか深くは追及されないまま、三人は階下へと移動していった。

犬神堂を開け、書棚や骨董の間を進んで奥の部屋に入った。そこは卓郎の住居で六畳一間、あとはバストイレに小さなキッチンがあるだけだ。もちろん万年床で掃除もしておらず、エロ本が散らばっている。

卓郎はモニターのスイッチを入れ、録画していたものを映しだし、同時にDVDにもダビングした。

吾郎は万年床に座って画面に向かい、卓郎はその横、利々子は覗き見るように卓郎の後ろに座った。

「おお、映ってるな。二人とも美人だ」

ユリとミイが入ってきて、ソファに並んで座ったところを見ながら吾郎が言った。

「はあ、イヌ派とネコ派のコンビですね」

「ああ、昔はタヌキ派とキツネ派と言ったものだが、どちらも人を騙す」

「僕は、本当はウシ派が好きなんです」

「ウシ派？」

「ええ、どんな要求をしても、モウと言って何でもしてくれる女性が」

「そんなことはどうでもいい！」

吾郎が怒鳴ると、画面の中ではユリとミイと卓郎が全裸になり、ダブルフェラが始まったところだった。

「何てイヤらしい……」

利々子が後ろで言い、その湿り気ある吐息が卓郎のうなじを撫でた。花粉臭の刺激に、あれだけ射精したのに卓郎のペニスが痛いほど突っ張ってしまった。

「ゴリラ兄貴も呼んだ方がいいな」

「そ、それは勘弁して下さい。二人の顔の部分だけ拡大してプリントしますから」

卓郎が言い、画面では一度目の射精、口内発射が行われていた。

利々子も卓郎の背後から、ユリとミイの顔を覚えるためか必死に画面を見つめ、そのたびにかぐわしい吐息を震わせ、引っ越しで動き回ったための甘ったるい汗の匂いも生ぬるく揺らめかせた。

「あとは早送りでいい」

吾郎が言うと、卓郎もリモコンを操作し、女上位でユリとの交接、シャワーの空白を挟み、ミイとのセックスまで早送りで見た。

そして卓郎がハーブティーの口移しで眠り込んだあと、再生速度をノーマルに戻すと、二人が神棚の札束をバッグに入れているシーンもしっかり映っていた。

「だから金庫を買えばって言ったのに」

利々子が、もう濡れ場も済んだのでほっとした口調で言った。

と、画面の二人が何か喋っている。

「案外気持ち良かったわね」

「ええ、モテない変態が一番いいかも」

二人の会話に卓郎は胸が熱くなり、吾郎はハタと膝を叩いた。

「いい子たちじゃないか。顔が良いだけのノーマル男に目を向けないのは感心だ」

吾郎が言い、二人が出てゆき画面から消えると、あとは眠り込んでいる全裸の卓郎が映っているだけなのでスイッチを切った。

「じゃ、僕いったん自宅に帰ります。ここではプリントできないし、家には機器が揃っているので」

「ああ、分かった。明日にもゴリラに渡したいのだが」

「はい、朝には出来てるようにします」

卓郎は言い、DVDを持って立ち上がったので、吾郎と利々子も犬神堂を出た。

卓郎が店を施錠し、自宅へと向かっていったので、吾郎と利々子は二階へ戻った。

「まあ、一千万は惜しいが、タクも素人童貞を捨てられたのだし、いきなりの3Pだからよしとするか」

吾郎は言い、二人きりとなると股間が熱くなってきた。

「ねえ」

「嫌です。そろそろ帰ります」

言うなり利々子が即答した。

「そんなあ、今夜から一人暮らしで寂しいだろうし、何でも夕食ご馳走するからさあ」

吾郎は言いながら、にじり寄って利々子の服を脱がせはじめた。

「もう……」

すると利々子がウシ派のように言い、仕方なくといった感じで自分から脱ぎはじめてくれた。

あるいは彼女も、卓郎の濡れ場を見て僅かながら興奮しているのかも知れない。

吾郎も手早く作務衣と下着を脱ぎ去り、全裸になるとソファーベッドの背もたれを倒して仰向けになっていった。

やはり吾郎も興奮がくすぶり、卓郎がした同じ場所でしてみたくなったのだった。

6

「ね、タクがしてもらったみたいに、顔に足を乗せて」

吾郎が、勃起したペニスをヒクつかせてせがむと、利々子も全裸で彼の顔の横に立ってくれた。

彼女も、こんな四十歳以上も年上の男のどこが気に入ったものか、拒みつつ最後は常に言いなりになってくれるのである。

「ああ、朝から引っ越しの手伝いで動き回っていたから、かなり汗ばんでいますよ……」

利々子は言いながらも、壁に手を付いて身体を支え、片方の足を浮かせてそっと吾郎の顔に乗せてくれた。

「ああ、気持ちいい……」

吾郎は、顔に若い娘の足裏を受け止めて喘いだ。

舌を這わせ、縮こまった指の間に鼻を押し付けて嗅ぐと、そこは生ぬるくジットリと汗と脂に湿り、蒸れた匂いが濃厚に沁み付いて鼻腔が刺激された。

吾郎は嗅ぎまくってから爪先にしゃぶり付き、全ての指の股に舌を割り込ませて味わい尽くした。

「あん……」

利々子がか細く喘ぎ、キュッと彼の顔を踏みつけてきた。

足を交代してもらい、新鮮な味と匂いを貪り尽くすと、ようやく彼は口を離した。

「じゃ跨いでしゃがんでね」

真下から言うと、利々子も彼の顔に跨がり、ゆっくりとしゃがみ込んでくれた。脚がM字になり、ムッチリと内腿が張り詰め、股間が鼻先に迫ってきた。

吾郎は腰を抱えて引き寄せ、柔らかな恥毛に鼻を埋め込んで嗅いだ。隅々には、濃厚に甘ったるい汗の匂いが蒸れて籠もり、それにオシッコの匂いも混じって悩ましく鼻腔を掻き回してきた。

嗅ぎながら舌を割れ目に挿し入れると、柔肉は徐々に熱く濡れはじめていた。

息づく膣口の襞をクチュクチュ掻き回し、淡い酸味のヌメリを味わいながらクリトリスまで舐め上げていくと、

「アアッ……！」

利々子が熱く喘ぎ、思わず座り込みそうになりながら、懸命に彼の顔の左右で脚を踏ん張った。

吾郎は味と匂いを堪能してから、利々子の尻の真下に潜り込み、顔中に双丘を感じながら谷間の蕾に鼻を埋めて嗅ぎ、蒸れた匂いに酔いしれてから舌を這わせ

た。

細かに息づく襞を舐めて濡らし、ヌルッと潜り込ませて滑らかな粘膜を探ると、

「く……！」

利々子が呻き、キュッときつく肛門で舌先を締め付けてきた。

吾郎が舌を出し入れさせるように蠢かすと、割れ目から垂れた愛液が鼻先を生ぬるく濡らしてきた。

彼は再び割れ目に戻り、新たに溢れた大量のヌメリをすすった。

「アア、もうダメ……」

利々子がすっかり高まって言い、ビクッと股間を引き離してしまった。

吾郎は仰向けのまま利々子の顔を下方へ押しやると、彼女も心得て移動し、大股開きになった彼の股間に腹這いになった。

そして彼女は自分から、ピンピンに突き立った先端に舌を這わせ、張り詰めた亀頭を含んできた。

そのままスッポリと根元まで含むと、吸い付きながらネットリと舌をからめてくれた。

「ああ……」

吾郎も喘ぎながら彼女の口の中で幹を震わせ、ジワジワと高まってきた。

利々子は吸い付きながらチュパッと口を離し、陰嚢も舐め回し、内腿もキュッと甘く噛んでくれた。

「ああ、入れたい」

吾郎が言うと利々子もすぐに身を起こして前進し、彼の股間に跨がってきた。

唾液に濡れた先端に割れ目を押し当て、息を詰めてゆっくり腰を沈めると、たちまち彼自身はヌルヌルッと滑らかな肉襞の摩擦を受けながら根元まで呑み込まれていった。

「アアッ……！」

ピッタリと股間を密着させた利々子が顔を仰け反らせて喘ぎ、味わうようにキュッキュッと締め上げてきた。

吾郎は両手を伸ばして抱き寄せ、膝を立てて尻を支えた。

利々子が身を重ねると、彼は潜り込んで乳首を吸い、舌で転がしながら顔中で膨らみを味わった。

両の乳首を愛撫してから腋の下にも鼻を埋めると、一日中動き回ったそこはジットリと湿り、何とも甘ったるい汗の匂いが濃厚に沁み付いていた。

そして彼女の白い首筋を舐め上げると、ほのかな汗の味が感じられた。

顔を引き寄せ、下からピッタリと唇を重ねて舌を挿し入れ、滑らかな歯並びを左右にたどると、ようやく彼女も歯を開いてチロチロと舌をからめてきた。

吾郎は彼女の息で鼻腔を湿らせ、生温かな唾液に濡れて滑らかに蠢く舌を味わいながら、徐々にズンズンと股間を突き上げはじめていった。

「アア……、いい気持ち……」

利々子が口を離し、艶めかしく唾液の糸を引いて喘いだ。

口から吐き出される花粉臭の刺激で鼻腔を掻き回されながら、彼は次第に勢いを付けて動いた。

利々子も合わせて腰を遣うと、たちまち二人のリズムが一致し、大量の愛液で動きが滑らかになっていった。ピチャクチャと淫らに湿った摩擦音が聞こえ、コリコリする恥骨の膨らみも伝わってきた。

絶頂を迫らせながら吾郎が利々子の開いた口に鼻を押し込むと、彼女も心得、下の歯並びを彼の鼻の下に当て、チロチロと舌を這わせてくれた。

目の前に美女の鼻の穴が丸見えになっているが、言うと嫌がるので黙って観賞した。

たちまち吾郎は肉襞の摩擦と締め付け、利々子の口の中の悩ましい匂いで胸を満たしながら、昇り詰めてしまった。

「いく、気持ちいいッ……！」

絶頂の快感に口走りながら、ありったけの熱いザーメンをドクンドクンと勢いよくほとばしらせると、

「い、いいわ……、アアーッ……！」

噴出を感じた利々子も声を上げ、ガクガクと狂おしいオルガスムスの痙攣を開始したのだった。

吾郎は快感を嚙み締め、心置きなく最後の一滴まで出し尽くしていった。

すっかり満足しながら徐々に突き上げを弱めていくと、

「ああ……」

利々子も声を洩らして力を抜き、グッタリともたれかかってきた。

吾郎は、まだ収縮する膣内でヒクヒクと過敏に幹を震わせ、花粉臭の吐息を間近に嗅ぎながら、うっとりと快感の余韻に浸り込んでいったのだった。

7

「ああ、一千万盗られちゃったよお……」

レストランで、吾郎は生ビールを飲み干しながら情けない声を出した。

あれからシャワーを浴び、利々子と二人で夕食に出てきたのである。

「いつまでもグジグジ言わないの。卓郎君の前では太っ腹なところを見せたのに」

利々子は、ビールからワインに変えて言った。間もなく料理も運ばれてくる。

「それより、ローズマリーの被害に遭ったことをメールしたら、兄がすぐここへ来るって」

「おいおい、今日は新居の第一夜めじゃないか。ゆっくりセックスすりゃいいのに」

吾郎は答え、カツレツをかじった。

利々子の兄、剛太も長く兄妹で暮らしていたから、生活が変わる戸惑いを覚えているのかも知れない。

新居には、婚約者である冴香の両親も住んでいるし、それに何より剛太はまだまだ妹離れが出来ていないのである。

と、そんなことを思っている間にも、剛太がやってきて、しかも冴香も連れて来ているではないか。

利々子が吾郎の隣に移動し、剛太と冴香が向かいに並んで座った。

剣道の達人である冴香は、相変わらず颯爽とした女武芸者タイプである。柔道が得意でごつい剛太とは、似合いのカップルと言えよう。

「今日は、引っ越しのお手伝い有難うございました」

剛太が吾郎に言い、あらためて四人で乾杯した。

「もう婚前交渉はしたのだろうな」

「と、とんでもない。挙式は来週ですので、それまでは何も」

吾郎が言うと、生真面目な剛太は首を振って答えた。

「おいおい、そんなことじゃ冴香さんに嫌われるぞ」

吾郎が言っても、当の冴香は澄ました感じでビールを飲み、義妹となる利々子と何やら笑って囁き合っていた。

(この分じゃ、まだこのゴリラ男は、新妻が総入れ歯だということも知らないんだろうなあ……）

吾郎は思い、冴香の歯のない口でフェラされたことを思い出して勃起した。

しかし、やはり事件が気になるのか、すぐにも剛太はローズマリーの話題を振ってきたのだった。

吾郎も、あらためて今日被害に遭ったことを話し、卓郎が二人組の顔をプリントしていることも報告した。

「顔が映っているんですか。それは助かる」

「ああ、うちのタクが隠し撮りをしていたんだ。もっとも目的はリリイの姿だったようだが、それに自分の裸は見られたくないので、今ごろユリとミイの顔だけを拡大プリントしている」

「あ、あいつは利々子のことを」

剛太が太い眉を険しくさせて言った。

「ああ、大丈夫だ。儂がいる限り、リリイとタクが一緒になるようなことにはならん」

「お願いしますよ、先生。利々子にはうんと良い男を」

妹のことになると夢中になる剛太は、気を鎮めようとビールを飲み干した。

「それより先生、今から小田卓郎の家に行けば、すぐにも映像が見られますね」

「今夜は勘弁してやれ。生まれて初めて素人童貞を捨てたんだ。その映像で抜きまくっているだろうよ」

「し、素人と言ったって盗賊犯のコンビじゃないですか」

剛太は嘆息して言ったが、食欲が衰えるようなことはなく次々に皿を空にしていった。

「とにかく朝には、タクがプリントを持ってくるだろう。その頃にうちへ来てくれ」

「分かりました。では明朝」

剛太は言い、やがて皆も料理を片付けて食後のコーヒーまで飲んだ。

支払いは、引っ越し手伝いの礼ということで、剛太と冴香が支払ってくれた。

冴香が会計しているとき、吾郎は店の外に剛太を呼び出した。

「いいか、今夜しろよ。生真面目だけじゃダメだ。欲望と愛情を全開にしろ」

「し、しかし……」

「仕事柄、夜中でもいつ急な呼び出しがあるか分からんのだろう。出来るときにしておくべきだ」

重々しく頷きかけて言うと、

「え、ええ、努力します……」

剛太も答えたのだった。

やがて彼女たちも店を出てくると、剛太と冴香は住まいである町道場へ向かった。

「いいか、利々子、今夜から一人だから戸締まりをしっかりとな」

「分かってるわ」

利々子が手を振って言うと、二人は帰っていった。

「じゃ、もう一回しようか」

「ダメです。今夜はこのまま帰りますので」

「ああ、今日一番いい思いをしたのはタクだったか……」

吾郎は嘆息し、それでも途中まで利々子と一緒に歩いた。

「それより兄の挙式ですが、先生は主賓ですからね、あんまり変なことを喋らないようにお願いしますよ」

「ああ、このノーマルな常識人に任せておきなさい」

吾郎は答え、やがて利々子のマンションと犬神堂への分かれ道に差し掛かった。

と、そこで吾郎は一人の会社帰りらしいOL風の女性とすれ違った。

「え？　この匂い……」

「どうしました？」

吾郎が立ち止まると利々子が訊いてきた。

「今日帰宅したとき、寝ているタクの周りに残っていた匂い」

「え？　それじゃ……」

「今の女性、ローズマリーの一人かも」

吾郎は言うなり駆け足で引き返し、利々子も急いで付いてきた。

しかし、いくら探しても、そのOL風の女性の姿は、どこにも見当たらなかったのである……。

第六話　快楽よ永遠に

1

「盛大だな。さすがに警察関係の来賓が多いが、それだけ平和なんだろう」

吾郎が結婚式場を見回して言った。

受け付けには卓郎が、吾郎の貸したスーツ姿で神妙に座っている。

利々子も兄の結婚式だから、何かと心配そうに受け付けにも顔を出していた。

六十代半ばの犬神吾郎は、古書骨董の店『犬神堂』の店主、小田卓郎はその居候である。そして利々子は、犬神堂の二階で『リリイ探偵事務所』を開設し、刑事である兄、吉井剛太の手助けをしていた。

今日は、その剛太の結婚式なのだ。相手は剣道場の娘で、女剣士の結城冴香である。

仲を取り持ったのが吾郎のようなものだから、今日は主賓として招かれ、吾郎も普段の作務衣ではなく紋付き袴姿だった。

ホテルの会場は豪華で、地方から出てきた兄妹の親たちも上の階に部屋を取っているらしい。仲人は剛太の上司で、結城道場とも親しい署長が務めるようだ。

やがて吾郎は、利々子や卓郎のいる受け付けから離れ、花嫁の控え室を訪ねた。

ノックして入ると、仕度を調えた二十五歳の新婦、綿帽子姿の冴香が一人でいた。

「いよいよだね。本当にあのゴリラ男が夫でいいの？」

「はい、もう一緒に暮らしているので、すっかり互いに馴染んでいます」

「婚前交渉もしたんだね」

「ええ、犬神先生ほどしつこくはないけど」

冴香が笑みを含んで言う。紅白粉《べにおしろい》を塗り、絢爛たる花嫁衣装に身を包んだ冴香は、普段の活発な印象は影を潜め、妖しい色気が醸し出されていた。

「わあ、妬《や》けるなあ。少しだけ舐めたい」

吾郎は言い、いきなりカーペットに仰向けになってしまった。

「まあ、先生、大切な衣装が……」

「こんなの着るのは人生で最後だろうからね、明日捨ててもいいんだ。じゃ跨いでね」

吾郎が言うと冴香も立ち上がり、衣擦れの音をさせて着物の裾をめくり、そろそろと跨いでくれた。やはり何度となく肌を重ねたので、彼女も躊躇いがない。それに、式にはまだ間がある。

冴香が和式トイレスタイルでしゃがみ込んでくると、脚がM字になって白い内腿がムッチリと張り詰め、割れ目が彼の鼻先に迫ってきた。

吾郎は腰を抱き寄せ、柔らかな茂みに鼻を埋め、隅々に生ぬるく籠もって蒸れた汗とオシッコの匂いを貪った。

酔いしれながら舌を這わせ、花弁状に入り組む膣口の襞をクチュクチュ掻き回し、大きめのクリトリスまで舐め上げていった。

「あう……！」

冴香が呻き、思わずギュッと座り込みそうになり、彼の顔の左右で懸命に両足を踏ん張った。吾郎が執拗にクリトリスを舐めると、トロトロと熱い蜜が溢れてきた。

それを掬《すく》い取って味わい、さらに尻の真下に潜り込み、レモンの先のように僅かに突き出たピンクの蕾にも鼻を埋め、蒸れた匂いを嗅いでから舌を這わせた。

「く……、も、もうダメ……」

ヌルッと舌を潜り込ませて滑らかな粘膜を味わうと、冴香が呻き、モグモグと肛門で舌先を締め付けて悶えた。

やがて彼女は懸命に力を入れて身を起こした。挙式直前に股間の前も後ろも舐められ、このままでは我を忘れて最後までしてしまいそうなのだろう。

吾郎も起き上がり、袴の裾をめくって勃起したペニスを引っ張り出した。そして冴香の手を握って導くと、彼女もニギニギと愛撫してくれた。そのまま彼が唇を求めると、

「ダメです、口紅が溶けるから」

冴香が熱い息で囁いた。彼女の吐息は、ほとんど無臭に近い。

「じゃベロを出して」

吾郎が言うと冴香もチロリと舌を伸ばし、彼はヌラヌラとからみつけた。滑らかな舌の蠢きが心地よく、彼は温かな唾液もたっぷり飲ませてもらった。

「歯を外して」

言うと、冴香も口に手を当てて総入れ歯を吐き出した。そう、全て外して洗えるので冴香の吐息は無臭に近いのである。

「歯のことは、ゴリラ夫は知ってるの？」

「ええ、でも、それほど驚きませんでした。とにかく、インプラントにするまで稼いでもらわないと」

「そう、じゃ歯のないフェラもしてあげたんだね」

吾郎は言い、興奮を高めながら冴香の口に舌を挿し入れ、滑らかな歯茎を舐め回した。

熱く湿り気ある息を嗅ぐと、ようやく冴香本来の甘い匂いがほんのり感じられた。

舌をからめながら、その間も冴香の指の愛撫がペニスに与えられている。

「ああ、いきそう。入れるのはダメ？」

「ええ、それは夫との今夜の楽しみですから、お口でなら」

「わあ、嬉しい」

吾郎は嬉々として股間を突き出すと、冴香も膝を突いて顔を寄せてくれた。

丸く開いた口に張り詰めた亀頭を含み、歯茎で挟むようにモグモグと動かしながら、舌が先端を舐め回してくれた。

「わひひ、気持ちいい、すぐいく……」

吾郎は急激に高まって喘いだ。

何しろ誰か来るかも知れないので気が急《せ》き、しかもおしゃぶりしているのは花嫁衣装に綿帽子の新婦なのである。

立ったまま吾郎が思わずズンズンと股間を突き出すと、冴香も巧みに上下の歯茎でマッサージして舌を蠢かせ、指先はサワサワと陰嚢をくすぐってくれていた。

「い、いく……！」

たちまち吾郎は絶頂に達して呻き、ドクンドクンと熱い大量のザーメンをほとばしらせてしまった。

「ク……、ンン……」

喉の奥を直撃された冴香は小さく呻きながらも、噎せることなく舌と歯茎による愛撫を続行してくれた。

「ああ、いい……」

吾郎は膝をガクガクさせながら喘ぎ、心置きなく最後の一滴まで花嫁の口に絞り尽くしてしまった。

ようやく全身の硬直を解いて力を抜くと、冴香も動きを止め、亀頭を含んだままコクンと一息に飲み干してくれた。

「あう」

嚥下とともに口腔がキュッと締まり、彼は駄目押しの快感に呻いた。

ようやく冴香も口を離し、なおも幹をニギニギしながら、余りの雫の滲む尿道口をチロチロと舐めて綺麗にしてくれた。

「も、もういい、有難う……」

吾郎がヒクヒクと過敏に幹を震わせて言うと、冴香も舌を引っ込めてくれたのだった。

2

挙式が始まり、吾郎も主賓席に着いた。

さすがに新郎の剛太はゴリラ顔を強ばらせて緊張しているが、堂々たる偉丈夫なので美しい冴香とは実に似合いの二人だった。

仲人である署長の挨拶も終わり、警察関係者による乾杯の音頭も取られた。

今日ばかりは警察も、美女二人組の怪盗『ローズマリー』の追跡はお休みらしい。

吾郎も、滞りなく主賓の挨拶をした。何しろ吾郎は元大学教授で、新郎の妹、利々子の恩師であり、まだ酔っていないので、変態話などはせず無事に終えたのである。

あとは飲み食いするだけで気が楽になり、吾郎は中座して受け付けの卓郎にビールを持っていってやった。

「料理はあとで持って来てやるからな」

「はい、済みません」

「ご祝儀もずいぶん集まっただろう」

吾郎は言い、受け付けに置かれている蒔絵の箱に手を伸ばした。

「あ、それは空です。たったいま係の女性が中身を預かると言って持っていきました」

「何！」

言われて吾郎が蓋を開けると、確かに中は空でローズマリーの造花が一枝入っていた。

「と、盗られた！　お前、係の女性の顔を見たか！」

「いえ、よく……、ただ綺麗な人だなと」

「ローズマリーだ。どっちへ行った」

「いまエレベーターホールの方へ……」

卓郎も青ざめて答えた。

「いいか、まだお開きには間がある。儂が戻るまでこのことは誰にも言うな」

「は、はい……」

頷く卓郎をあとに、吾郎はエレベーターホールへ行った。確かに、以前嗅いだローズマリーの匂いが感じられるではないか。

見ると、一基が八階で止まった。

吾郎は隣のエレベーターに乗って八階まで行って下りた。

確かに、廊下に匂いが残っている。

吾郎は、警察犬以上の嗅覚を駆使し、一つのドアの前に辿り着いた。

チャイムを鳴らすと、すぐにドアが開けられた。迎えたのはスーツ姿の美女で、奥を見ると、もう一人が従業員用の制服を脱いで着替えている。

「どうぞ、犬神先生」

美女に言われ、吾郎が中に入ると、彼女はドアを内側からロックした。

「私がユリ、これはミイ」

「ローズマリーか。なぜ儂を迎え入れた」

「これから高飛びなんです。最後に好みの男を二人で味わいたくて」

ユリが言う。確かに二人は、以前卓郎を二人がかりで弄んだので、ダサい男が好みのようだった。

「そうか、儂を好きにしたいなら構わん。足で顔を踏むなり唾やオシッコを飲ませるなりしてくれ」

「されたいことを言ってません？」

「一つだけ頼みがある。今日のご祝儀だけは返してくれ。前に儂から盗った一千万は、そのままくれてやるから」

「さあ、どうしようかしら。まずは楽しんでから考えましょう」

ユリが言い、手早くスーツを脱ぎはじめ、着替えの途中だったミイもすぐ全裸になってしまった。

もちろん吾郎も羽織袴を脱ぎ、もどかしい思いで着物と足袋を脱ぎ去っていった。

別に挙式の祝儀が盗まれたにしても、吾郎には何の痛痒もない。ましして来賓のほとんどが警察関係者なのだから、彼らの油断こそ責められるべきなのだが、やはり可愛い利々子の身内だし、花嫁とも懇ろになった仲だから今日の式は瑕疵《かし》なく終わらせてやりたいのだ。

たちまち全裸になった吾郎が仰向けになると、一糸まとわぬ姿になったユリとミイも両側から迫ってきた。

さっき冴香に口内発射したばかりだが、彼自身はピンピンに突き立っていた。

「まあ、すごいわ。さっき新婦の口に出したばかりなのに、こんなに勃って」

ユリがペニスを見て言う。どうやら二人とも、今日の吾郎の行動はお見通しのようだ。

「に、匂いは何も感じなかったのに、近くで覗いてたの？」

吾郎が驚いて言った。

「ええ、素破《すっぱ》（忍者）は行動するとき全ての匂いを消すものだから」

「そうか、二人は忍者の末裔だったか……」

吾郎は感心して言った。忍者だからこそ、数多くの仕事が出来、怪盗と言われていたのだろう。

そして今はわざと匂いを残したのも、吾郎をこの部屋へ招くためだったようだ。

「でも今は、引き締めていた気を解放したので匂うわ」

「わあ、嗅がせて。足から」

吾郎が仰向けのまま言うと、二人も立ち上がって彼の顔に足裏を乗せてくれた。

吾郎は二人分の足裏を舐め回し、指の股に鼻を割り込ませ、ムレムレの匂いを貪った。

さすがに一仕事を終え、解放された匂いは濃厚に鼻腔を刺激し、彼が舌を這わせて汗と脂の湿り気を吸収した。

すると二人は足を交代させ、彼も新鮮な味と匂いを貪り尽くしたのだった。

「跨いで」

言うと、先に姉貴分のユリが吾郎の顔に跨がり、しゃがみ込んでくれた。

茂みに鼻を埋め込んで嗅ぐと、やはり解放された性臭が悩ましく鼻腔を刺激し、彼は汗とオシッコの匂いで胸を満たしながら舌を這わせていった。

「あん、いい気持ち……」

ユリが喘ぎ、トロトロと愛液を漏らすと、ミイが屈み込んで張り詰めた亀頭をしゃぶってくれた。

「新婦の唾の匂いが残ってる……」

ミイが呟きながらも、厭わず尿道口を舐め回し、スッポリと呑み込んできた。

やがて吾郎はユリの膣口とクリトリスを充分に舐め、ヌメリをすすってから尻の真下に潜り込んだ。

顔中にムッチリした双丘を受け止めながら、谷間の蕾に鼻を埋め、蒸れた匂いを嗅いでから舌を這わせた。

そして潜り込ませた舌を蠢かせ、滑らかな粘膜を味わっている間も、ミイが執拗にペニスに吸い付き、顔を上下させてスポスポと強烈な摩擦を繰り返していた。

しかし冴香に出したばかりだから、しばらくは暴発の心配もなさそうである。

「ああ、いいわ、いきそう……」

前も後ろも舐められたユリが言い、交代するように腰を上げた。

するとミイもスポンと口を引き離し、二人は入れ替わったのだった。

3

「ああ、気持ちいい……」

吾郎は、今度はユリにしゃぶられながら喘ぎ、顔に跨がったミイの股間を引き寄せた。

恥毛に鼻を擦りつけて嗅ぐと、ユリとは微妙に異なる匂いが鼻腔を悩ましく刺激してきた。舌を這わせると、ミイもユリに負けないほどトロトロと大量の愛液を漏らしてきた。

吾郎は味と匂いを貪り、クリトリスに吸い付き、もちろん尻の真下にも潜り込んで蕾の匂いを嗅いで舐め回した。

ユリも吾郎の両脚を浮かせ、尻の谷間を舐め回し、ヌルッと潜り込ませてくれた。

「あう……」

吾郎は呻きながらモグモグと肛門を締め付けてユリの舌を味わい、彼の舌もミイの肛門にキュッと締め付けられた。

やがてユリは充分に舌を動かしてから陰嚢を舐め回し、もう一度ペニスをしゃぶると顔を上げた。

「先に入れるわ」

ユリが言って身を起こし、彼の股間に跨がると、先端に割れ目を当て、ゆっくり腰を沈み込ませていった。

たちまち彼自身は、ヌルヌルッと滑らかに根元まで呑み込まれ、キュッときつく締め付けられた。

「アア……、いい気持ち……」

ユリが股間を密着させて喘ぐと、ミイも吾郎の顔から股間を引き離して添い寝してきた。吾郎はユリの温もりと感触を味わいながら二人を抱き寄せ、潜り込むようにしてそれぞれの乳首に吸い付いていった。

順々に乳首を含んで舌で転がし、顔中に膨らみの弾力を味わうと、混じり合った体臭が甘ったるく鼻腔を満たしてきた。

全ての乳首を味わうと、吾郎がそれぞれの腋の下にも鼻を埋め込み、濃厚に甘ったるい汗の匂いに噎せ返った。

するとユリが股間を擦り付けるように動かしはじめたので、吾郎も膝を立てて蠢く尻を支えながら、ズンズンと股間を突き上げた。

「アア、すぐいきそうよ……」

ユリが言い、収縮と潤いを増していった。

さらに吾郎は二人の顔を引き寄せ、同時に唇を重ねていった。

舌を出すと、二人もチロチロと舐め回してくれ、美女たちの混じり合った熱い吐息で彼の顔中が心地よく湿った。

そして二人は吾郎の性癖など調べ尽くしているように、代わる代わる彼の口にトロトロと大量の唾液を吐き出してくれたのだ。

吾郎は白っぽく小泡の多い二人分の唾液を味わい、うっとりと喉を潤して酔いしれた。

さらに二人の混じり合った熱い吐息を嗅ぎ、甘酸っぱい果実臭の芳香で鼻腔を満たしながら興奮と快感を高め、股間の突き上げを強めていった。

すると先にユリがガクガクと痙攣し、

「い、いっちゃう、アアーッ……！」

声を上げて狂おしく身悶えた。

その収縮に巻き込まれないように我慢しながら突き上げると、

「ああ……」

すぐにユリは声を洩らし、力尽きてガックリともたれかかってきた。

やはり吾郎は、さすがに歳だから二人を相手に射精してはいられない。まして、今日の射精は冴香の口に一度しているのである。

ユリが余韻に浸りながら股間を離し、ゴロリと横になると、すかさずミイが身を起こして跨がってきた。

そしてユリの愛液にまみれた先端に割れ目を押し当て、味わうようにゆっくり座り込んでいった。

再び、彼自身はヌルヌルッと熱く濡れた肉壺に深々と嵌まり込んだ。

「アア、いいわ、奥まで感じる……」

ミイが股間を密着させて言い、すぐにも身を重ねてきた。

吾郎も抱き留め、やはりユリとは微妙に異なる膣内の感触を味わいながら股間を突き上げはじめた。

ミイも合わせて腰を遣い、溢れる愛液が互いの股間を熱くビショビショにさせた。

なおも吾郎は二人の顔を引き寄せ、

「舐めて……」

せがむと、二人もたっぷり唾液を出しながら彼の顔中をヌラヌラと舐め回してくれた。

「ああ、いく……！」

もう吾郎も、二人分の唾液と吐息の匂いに肉襞の摩擦で限界に達し、そのまま激しく昇り詰めてしまった。

「く……！」

突き上がる大きな絶頂の快感に呻きながら、ありったけの熱いザーメンをドクンドクンと勢いよくほとばしらせると、

「熱いわ、いく……、アアーッ……！」

噴出を感じたミイも声を上げ、そのままガクガクと狂おしいオルガスムスの痙攣を開始したのだった。

増した締め付けに駄目押しの快感を得た吾郎は、心ゆくまで快感を味わい、最後の一滴まで出し尽くしていった。

すっかり満足してから徐々に突き上げを弱めていくと、

「ああ……、良かったわ……」

ミイも言って動きを止め、グッタリと体重を預けてきた。

吾郎はまだ息づく膣内に刺激され、ヒクヒクと過敏に幹を震わせ、二人分の甘酸っぱい吐息を間近に嗅ぎながら、うっとりと余韻を味わったのだった。

やがて呼吸を整えたミイが身を起こしたので、三人はベッドを下りてバスルー

ムに移動した。

そしてシャワーを浴びて全身を洗い流すと、もちろん吾郎は床に座り込み、二人分のオシッコを浴びせてもらった。

匂いに酔いしれ、それぞれの流れを舌に受けて味わうと、すぐにも彼自身がムクムクと回復してしまった。

「本当に、師弟で似てるわね」

ユリが言った。卓郎のことを思い出したのだろう。

「でも残念、そろそろフライトの時間だわ」

ミイが言い、やがて三人で身体を拭くと、部屋に戻って身繕いをした。

「これからどこへ？」

吾郎も、紋付き袴姿に戻りながら訊くと、

「アメリカで一暴れしてくるわ」

「帰国したら、また会って下さいね」

二人はスーツ姿になって答えた。

「うん、もちろん。それにしても警察関係の結婚式に乗り込むとは、何て大胆な」

吾郎が感心して言うと、二人は盗んだご祝儀を出してくれた。

「返してくれるの？」

「ええ、一千万もらったし、今日はこれで見逃してくれるのでしょう？」

「ああ、儂は警察関係じゃないからね。いい思いもさせてもらったし」

吾郎は答えた。

どうせ二人が今まで盗んだのは、金持ちからだけである。まあ、だから薄給の剛太の挙式の分は返してくれたのだろう。

吾郎は懐中から風呂敷を取り出し、祝儀を全て包み込んで結ぶと、やがて三人で部屋を出たのだった。

4

「じゃ行ってきますね。先生もお元気で」

「あの部屋は、支払いが済んでるので明日の朝までご自由に使って下さいね」

旅行ケースを持ったユリとミイが吾郎に言い、二人はホテルを出て行った。

手を振って見送った吾郎は、祝儀の包みを抱えて会場に戻った。

すると、受け付けには利々子が一人いるだけだった。

「先生！　ローズマリーは……」

「ああ、逃げられたよ。でも祝儀だけは取り返した」

利々子に言われ、吾郎は風呂敷包みを開けて蒔絵の箱に戻した。調べると、全ての封筒にはちゃんと金が入っている。

「ああ、良かった。有難うございます」

利々子はほっとしたように言った。箱が空なので卓郎に詰問し、利々子も事情を知っていたのだろう。

「タクはどこだ？」

「先生の席でフルコースを食べてます」

「あいつめ……」

吾郎が会場の方を睨むと、ちょうど、すっかり食い終えたらしい卓郎が出てきた。

「先生、金は」

「ああ、取り戻した。二人は逃げたがな」

「ああ、良かった。それより、そろそろお開きですので、席に戻って下さい」

「言われんでも戻るわい。いいか、全て終了するまで金は死守しろよ。もうローズマリーは高飛びしたが、他の置き引きがいるかもしれんからな」

「分かりました。命に替えて死守します」

「お前の命なんか何の価値もないがな」

吾郎は言い、あとは卓郎に任せて利々子と一緒に会場へと戻った。

料理はすっかり卓郎に食い尽くされてしまったので、仕方なくワインを飲んでいると、間もなく司会がお開きの挨拶をした。

両親への花束贈呈をしてから、新郎新婦に見送られて来賓が会場を出ていった。

二次会へ行くものや、署に戻るものなどそれぞれだが、もう吾郎は用済みである。

と、来賓を見送り終えた新郎新婦が近づいて、剛太が吾郎に言った。

「先生、有難うございました。利々子から聞きました。祝儀を取り戻してくれたそうで」

「ああ、ローズマリーには逃げられた。アメリカへ行くと言っていたので、もう国内での盗難は起きないだろう」

「そうですか。お世話になりました」

剛太が答え、冴香と一緒に頭を下げた。

「なあに」

新婦に口内発射したから、その礼だよ、と心の中で言い、吾郎は式場を辞した。

もう受け付けも片付けられ、まとめた祝儀も剛太が受け取ったようだ。

「じゃタクは帰れ。儂は何も食ってないので、利々子と夕食するからな」

「はあ、お疲れ様でした」

言うと卓郎が不満げに答えつつ、大人しく犬神堂へと帰っていった。

利々子も兄の挙式だから緊張し、あまり食べられなかったようだが、今は気が抜けて空腹になっているらしい。

新郎新婦は着替えてから、それぞれの両親とラウンジへ行くようだ。

吾郎は利々子とホテル内のレストランでワインとステーキの食事をし、やがて八階の部屋へと行った。

利々子も久々に両親と会ったようだが、明日も滞在しているので話す時間はいくらでもあるらしい。

「こんな豪華なお部屋を取っていたんですか」

部屋に招くと、利々子が広い室内を見回し、目を丸くして言った。

さすがにローズマリーたちは、何の匂いも情事の痕跡も残していなかった。

「ああ、今夜はリリイとゆっくりしたくてね」

「分かりました。兄夫婦に代わってお礼をしますね」

言うと利々子が答えた。兄の挙式だから正装で薄化粧し、今日の彼女は実に大人っぽくて艶めかしい。

「じゃ、脱ごうね」

吾郎は言い、窮屈な紋付き袴を手早く脱ぎはじめた。

「あの、先にシャワーを……」

「もちろんダメ。僕は浴びたばかりで綺麗だからね」

「だって、今日は朝から飛び回っていたし、かなり汗ばんでいるから……」

利々子はモジモジと言った。なぜ吾郎が浴びたばかりなのかは、追及されなくて幸いだった。

確かに今日の利々子は来賓たちへの挨拶などで、緊張しながら動き回っていたのだ。

「うん、ナマの匂いを味わいたい」

吾郎は激しく勃起しながら言い、利々子のブラウスのボタンを外しはじめた。

今日は冴香に口内発射し、ローズマリーとの３Ｐもしたが、相手さえ替われば吾郎は何度でも出来る。

「ああ……」

利々子は声を洩らし、諦めたように自分から脱ぎはじめていったのだった。

5

「じゃ、ここに座ってね」

全裸でベッドに仰向けになった吾郎は、自分の下腹を指して利々子に言った。

彼女もそろそろと跨ぎ、しゃがみ込んで吾郎の下腹に座り込んでくれた。確かに利々子は、誰よりも彼のフェチ性癖を熟知しているのである。

割れ目が下腹に密着すると、すでに濡れはじめている感触が伝わってきた。

「足を伸ばして顔に乗せて」

いいながら吾郎は立てた膝に利々子を寄りかからせ、両足首を摑んで顔に引き寄せた。

「あん……」

利々子は声を洩らし、バランスを取るたび股間を蠢かせ、両足の裏を彼の顔に乗せてしまった。

「ああ、気持ちいい……」

吾郎は美女の全体重を受け、人間椅子になった心地で喘ぎ、利々子の足裏を舐め回した。

指の間に鼻を押し付けて嗅ぐと、ローズマリーの二人よりもムレムレで濃厚な匂いが鼻腔を刺激してきた。

「ああ、リリイの匂いがこの世で一番好き」

「一番って何なんですか。何番まであるんですか」

うっとりと嗅ぎながら喘ぐと、利々子が腰をくねらせて言った。心の中で百番ぐらいと答えながら、吾郎は利々子の足の匂いを貪り、爪先にしゃぶり付いて汗と脂の湿り気を堪能した。

「アアッ、くすぐったい……」

利々子が喘ぎ、身悶えるたびに密着した割れ目の潤いが増してきた。

そう、すっかり利々子は吾郎の愛撫に調教され、彼もまた彼女の感じる部分を知り尽くしているのだった。

両足とも指の股の味と匂いを貪り尽くすと、彼は口を離して利々子の両足を顔の左右に置いた。

「前に来て跨がって」

手を引いて言うと、利々子も腰を浮かせ、引っ張られるまま彼の顔に跨がってきた。

和式トイレスタイルで脚がM字になると、脹ら脛と内腿がムッチリと張り詰め、熱気と湿り気の籠もる割れ目が鼻先に迫った。

腰を抱き寄せ、柔らかな恥毛に鼻を擦りつけて嗅ぐと、甘ったるい汗の匂いに混じり、ほのかな残尿臭の刺激が鼻腔を満たした。

「ああ、いい匂い……」

うっとりと嗅ぎながら言うと、利々子が羞恥に腰をくねらせ、トロリと新たな愛液を垂らしてきた。

何度肌を重ねても、利々子は羞恥を失うことなく、感度も実に良くて、彼女は吾郎にとって一番の好みだった。

舌を挿し入れ、淡い酸味の蜜をすすり、膣口の襞をクチュクチュ掻き回してからクリトリスまで舐め上げていくと、

「アアッ……！」

利々子が熱く喘ぎ、ヒクヒクと白い下腹を波打たせた。

味と匂いを貪ってから、尻の谷間に鼻を埋め、顔中に弾力ある双丘を受け止めながら蕾に籠もる蒸れた匂いを嗅ぎ、彼はヌルッと舌を潜り込ませて滑らかな粘膜を味わった。

「あう……」

利々子は呻き、キュッときつく肛門で舌先を締め付けた。

吾郎は微かに甘苦い粘膜を探ってから、再び割れ目に戻り、大洪水になった愛液をすすり、クリトリスに吸い付いた。

「ああ、もうダメ……」

利々子が、すっかり下地が出来上がったように喘いだ。

「ね、オシッコ漏らして」

「え？　こんなところで……？」

「うん、決してこぼさないから」

ためらう彼女に、吾郎は真下から答えた。

披露宴のあとレストランに入る前に彼女がトイレに入ったのを覚えているので、それほど多くは出ないだろうと踏んだのだ。

そして下から執拗に舐めたり吸ったりしているうち、やがて柔肉の奥が迫り出すように盛り上がって蠢き、味わいと温もりが変化してきた。

「あう、出ちゃう……」

利々子が息を詰めて言うなり、チョロッと熱い流れがほとばしってきた。

吾郎は口に受け、薄めた桜湯に似た味わいで喉を潤した。そして思った通り、ほんの少し出ただけで流れは治まってしまった。

彼は残り香の中で余りの雫をすすり、割れ目内部を舐め回した。

「アア……」

利々子が喘ぎ、新たな愛液を漏らすと、たちまち残尿の味わいが薄れて淡い酸味が満ちてきた。

「も、もうダメ……」

利々子が再び言い、自分から股間を引き離してしまった。そのまま吾郎の股間に移動したので、彼は両脚を浮かせて抱え、指で谷間を広げて尻を突き出した。

利々子も厭わず屈み込み、チロチロと尻の谷間を舐めてくれ、自分がされたようにヌルッと潜り込ませてくれた。

「ひひ、気持ちいい……」

吾郎は奇声を発して浮かせた脚を震わせ、キュッと肛門で利々子の舌を締め付けた。

彼女も中で舌を蠢かせ、吾郎が脚を下ろすと鼻先に迫る陰嚢にしゃぶり付いてきた。

二つの睾丸を舌で転がし、熱い息を股間に籠もらせながら袋全体を温かな唾液にまみれさせせると、そのまま前進して肉棒の裏側を舐め上げた。

これで、今日しゃぶってもらうのは四人目である。

利々子は幹に指を添え、粘液の滲む尿道口を舐め回し、張り詰めた亀頭をくわえると、モグモグとたぐるように喉の奥まで呑み込んでいった。

根元まで含まれると、先端がヌルッとした喉の奥の肉に触れ、生温かな唾液の分泌が多くなった。

そして熱い鼻息で恥毛をそよがせながら舌をからめ、幹を締め付けて吸ってくれた。

「ああ、気持ちいい……」

吾郎は快感に喘ぎ、ズンズンと股間を突き上げはじめると、利々子も顔を上下させ、スポスポとリズミカルに摩擦してくれた。

「い、いきそう、跨いで入れて……」

すっかり高まった吾郎が言うと、利々子もチュパッと軽やかな音を立てて口を離し、前進して彼の股間に跨がってきた。

先端に割れ目を当て、位置を定めると息を詰めてゆっくり腰を沈ませた。

張り詰めた亀頭が潜り込むと、あとは潤いと重みでヌルヌルッと滑らかに根元まで嵌まり込んでいった。

「アアッ……！」

利々子が顔を仰け反らせ、完全に股間を密着させて喘いだ。

吾郎も、三回り以上年下の美女と一つになり、熱いほどの温もりときつい締め付けに包まれて息を弾ませた。

両手を伸ばして抱き寄せると、利々子も身を重ねてきたので、彼は膝を立てて尻を支え、下からしがみついていった。

温もりと感触を味わいながらまだ動かず、吾郎は潜り込んで乳首に吸い付き、舌で転がしながら膨らみを味わった。

そして左右の乳首を交互に含んで舐め、腋の下にも鼻を埋め込み、濃厚に甘ったるい汗の匂いに噎せ返った。

もう堪らず、ズンズンと小刻みに股間を突き上げはじめると、

「アア……、いい気持ち……」

利々子も、合わせて腰を動かしながら喘いだ。大量に溢れる愛液が陰嚢の脇をヌラヌラと伝い流れ、彼の肛門の方まで生温かく濡らしてきたのだった。

6

「い、いきそうよ……」

次第に腰の動きを早めながら利々子が言い、吾郎もすっかり高まって絶頂を迫らせた。

下から顔を引き寄せて唇を重ね、ネットリと舌をからめると苦しげに彼女の鼻息が弾み、吾郎の鼻腔が温かく湿った。

下向きだから利々子の唾液が注がれ、彼はうっとりと味わい、喉を潤して酔いしれながら突き上げを強めていった。

「アア、い、いっちゃう……」

利々子が淫らに唾液の糸を引いて口を離し、声を上ずらせて喘いだ。

熱く湿り気ある吐息は利々子本来の花粉臭に、ワインの香気と夕食後のオニオン臭やガーリック臭も悩ましく混じり、濃厚な刺激が彼の鼻腔を掻き回してきた。

この世で一番好きで、相性の良い美女の匂いを嗅ぎ、たちまち吾郎は絶頂に達してしまった。

「い、いく、気持ちいい……！」

吾郎は快感に貫かれながら口走り、今日何度目かの熱いザーメンをドクンドクンと勢いよくほとばしらせた。

「か、感じる……、アアーッ……！」

噴出を受けた利々子も声を上げ、ガクガクと狂おしいオルガスムスの痙攣を開始したのだった。

吸い込まれるような快感を味わい、吾郎は激しく股間を突き上げながら、最後の一滴まで出し尽くしていった。

「ああ、今日はこれが一番良かったあ……」

吾郎はすっかり満足しながら言い、徐々に突き上げを弱めていった。今日は一番という彼の言葉を追及する余裕もなく、

「アア……」

利々子も満足げに声を洩らし、精根尽き果てたようにグッタリともたれかかってきたのだった。

まだ膣内は名残惜しげな収縮がキュッキュッと繰り返され、刺激を受けるたび射精直後で過敏になっているペニスが中でヒクヒクと跳ね上がった。

「あう、もうダメ……」

利々子も敏感になっているように呻き、幹の震えを抑え付けるようにキュッときつく締め上げてきた。

吾郎は利々子の重みと温もりを受け止め、かぐわしく濃厚な吐息を嗅いで胸を満たしながら、うっとりと快感の余韻に浸り込んでいったのだった。

やがて呼吸を整えると、二人はバスルームへ行って全身を流し、また全裸のまま部屋に戻ってきた。

朝まで時間はたっぷりあるし、せっかく利々子と一緒にいられるのだから、吾郎はもう一回ぐらいしておきたかった。

しかし、そのとき彼女のスマホが鳴った。

「兄からメールだわ。ラウンジで飲んでるので来てって。両親も先生に会ってお話したいらしいわ」

利々子が言い、さっさと身繕いをはじめてしまった。

「ああ、じゃ儂は少し休憩したら行くから」

「ええ、じゃ先に行ってるわね」

利々子は言い、そのまま部屋を出て行ってしまった。

まあ、少しぐらい飲むのも良い。披露宴会場では剛太と利々子の親にも挨拶したが、二親とも吾郎より年下だから何となく決まりが悪いのだ。

それでも、何度も味わった利々子や冴香を前に、大人の態度で飲むのも乙なものかも知れない。

そして充分に飲んだら、また利々子とこの部屋へ戻ってくれば良いのだ。

泊まるつもりではなかったので着替えは用意していないが、もう袴までは面倒なので、吾郎は着流しになって部屋を出ようとした。

すると、枕の下から何かが覗いていたので見ると、それは一枝の造花、ローズマリーだった。

あの二人が記念に置いていったのか、

（それとも、アメリカへの高飛びは嘘で、まだ東京にいるんじゃないか……？）

吾郎は思い、とにかく部屋を出てラウンジへと向かったのだった。

7

「本当に面白い先生ね」

利々子の母親、良枝《よしえ》がラウンジで吾郎の話に笑い転げて言った。

父親の弘《ひろし》も気さくな商社マンで、どちらも五十代前半である。

特に良枝は利々子に似た美熟女で、なかなか色っぽい巨乳で、

（親子丼が食いたい……）

吾郎は股間を熱くさせて思った。

そして冴香の両親も同席していたのだ。

冴香の母親もなかなかに色っぽい。

とにかく吾郎は、女性と見れば抱きたいということしか思い浮かばなかった。

しかし夫婦とも長旅で疲れているし、挙式も終わってほっとしていたのだろう。

「じゃ、私たちはお部屋へ戻りますね」

良枝が立って言い、弘もそれ以上飲もうとせず素直に従った。そして冴香の両親も帰っていったので、

「そろそろ二人きりにさせてあげましょう」

利々子が言い、腰を浮かせようとした。

もちろん剛太は、利々子がこのホテルに泊まることなど知らない。

と、そのとき剛太のスマホが鳴り、彼はすぐに出た。

「なに？　ローズマリーが出た？　しょ、署長の家に……！」

剛太が絶句し、慌てて立ち上がった。

「す、済まん、冴香、俺は行かないと」

剛太は新妻の冴香に言った。いかに初夜とはいえ、仲人の家に怪盗が入ったとなれば駆けつけなければならないだろう。

「や、やはり高飛びは嘘だったか……」

吾郎は言い、やがて剛太は皆に頭を下げて足早にラウンジを出て行ってしまった。

「ああ、残念だが、ああいう仕事だ。勘弁してやりなさい」

「ええ、大丈夫です」

吾郎が言うと、冴香も笑顔で答えた。もちろん洋服姿に戻っているので、彼は新たな淫気を覚えてしまった。

「じゃ三人で、部屋で飲み直そうか」

「お部屋があるんですか」

吾郎が言うと冴香が驚き、やがて利々子と三人で八階へと行った。

冴香も部屋は取ってあるが、剛太が早めに戻ってきてしまうかも知れないので、吾郎は自分の部屋に招き入れた。

「わあ、広いお部屋だわ」

「疲れたろうから横になっていいからね」

冴香が室内を見回し、窓から夜景を見て言うと、吾郎も股間を熱くさせて言った。

昼間はローズマリーの二人と3P、このまま利々子と冴香と三人で出来れば、もう何も言うことはない。

もしかして六十代になって、一日の射精回数の記録が更新できるかも知れなかった。

すると、本当に冴香がベッドにゴロリと横になってしまったので、

「わあい」

吾郎は利々子の手を引いて、三人一緒に添い寝してしまった。

疲労と酔いで、二人も抵抗しなかった。

「前から気になってたんですけど、利々子さんは先生と良い仲なんですか?」

仰向けのまま冴香が訊いてきた。

「違います。でも、何だかいつも押し切られてしまって……」

吾郎を真ん中に、利々子が答える。

「とにかく脱ごう脱ごう」

吾郎が言って帯を解き、横になったまま着物と下着を脱ぎ去ってしまった。もちろん二人の美女に挟まれて、彼自身はピンピンに張り切っている。

すると冴香も窮屈な服を手早く脱ぎはじめると、さっきの一回戦ですっかり下地が出来上がっている利々子も全裸になってくれたのだった。

二人とも同性がいるのに抵抗が湧かないのは、すっかり吾郎の変態パワーに巻き込まれているのだろう。

それに冴香は、今夜剛太とするはずだったので心身の準備も整っていたようだ。相手は予定と違うが、すでに何度となく懇ろになった仲である。

吾郎は身を起こし、仰向けになった二人の美女を見下ろした。

もちろん彼は、まだ舐めていない冴香の足裏に舌を這わせ、逞しい爪先に鼻を埋め、一日分のムレムレの匂いを貪った。

爪先にしゃぶり付き、指の股に籠もる汗と脂の湿り気を舐め、両足とも味と匂いを堪能してから、大股開きにさせて脚の内側を舐め上げていった。

ムッチリと張りのある内腿を舌でたどり、股間に迫っていくと、何と利々子まで隣から顔を寄せてきたではないか。

「女の人の、近くで見るの初めてだから」

冴香は言い、吾郎と頰を寄せ合って冴香の割れ目に熱い視線を注いだ。

「わあ、冴香さんのクリ大きいわ……」

「アア、そんなに見ないで……」

利々子が言うと、冴香は二人分の視線と息を股間に感じて喘いだ。

先に吾郎は割れ目に舌を這わせ、恥毛に籠もった汗とオシッコの蒸れた匂いで胸を満たした。

「リリイも舐めてあげて」

顔を離して言うと、利々子も恐る恐る舌を伸ばし、チロチロと大きなクリトリスを舐め回した。

「ああ……、い、いい気持ち……」

冴香がヒクヒクと下腹を波打たせて喘ぎ、割れ目からはヌラヌラと大量の愛液が漏れてきた。

　吾郎も一緒になって舐めると、クリトリスと同時に利々子の舌も味わえた。そして割れ目に籠もる性臭に、利々子の濃厚な息の匂いも混じり、彼自身は暴発しそうなほど高まってきた。

　クリトリスを利々子に任せ、彼は冴香の両脚を浮かせて尻の谷間に鼻を埋めた。レモンの先のように色っぽく突き出た蕾に籠もる匂いを嗅ぎ、舌を這わせてヌルッと潜り込ませ滑らかな粘膜を探った。

「アア、入れたいわ。上にならせて……！」

　冴香が急激に高まったように言い、二人は股間から離れると、吾郎は仰向けになった。

　すると身を起こした冴香がペニスに屈み込み、張り詰めた亀頭にしゃぶり付いてきた。

　さらに利々子も、対抗するように顔を割り込ませ、一緒になって舌を這わせてくれたのである。

「ああ、気持ちいい……」

吾郎は二人分の熱い息と舌の蠢きを股間に受け、快感に喘いだ。

怪盗のユリとミイとは違い、この二人は堅気の美女たちで、しかも一人は今日挙式したばかりの新妻なのである。

ペニスが交互に含まれ、たっぷりと唾液にまみれると、冴香が身を起こし、

「利々子さん、お先に」

言って跨がってきた。利々子は彼に添い寝し、横から柔肌を密着させてきた。

冴香は先端に割れ目を当て、感触を味わうようにゆっくり腰を沈めてきた。

たちまち彼自身はヌルヌルッと滑らかに根元まで呑み込まれ、吾郎は今夜剛太が味わうはずだった温もりと感触に包まれた。

「アアッ……、いいわ……！」

冴香が股間を密着させて喘ぎ、すぐにも引き締まった肉体を重ねてきた。

吾郎は潜り込むようにして、二人分の乳首を順々に味わった。

一日に二回も3Pをすると、何やら相手が誰だか分からなくなってきた。

そして二人の汗ばんだ腋の下にも鼻を埋めたが、やはり利々子はシャワーを浴びているので、冴香の方が甘ったるく濃厚に鼻腔を刺激された。

やがて待ち切れないように冴香が腰を動かしはじめると、吾郎も膝を立てて尻

を支え、二人を同時に抱きすくめてズンズンと股間を突き上げた。

たちまち溢れる愛液で律動が滑らかになり、ピチャクチャと淫らに湿った摩擦音が聞こえてきた。吾郎は下から二人の顔を抱き寄せ、同時に唇を重ねて舌をからめた。

もう二人とも興奮が高まり、同性の舌が触れ合っても何の抵抗もないようだ。

吾郎は混じり合った温かな唾液をすすって喉を潤し、いつになく濃厚な二人の吐息で胸を満たした。二人の吐き出すアルコールの香気で、さらに深酔いしそうだった。

「舐めて顔中ヌルヌルにして」

せがむと、二人も彼の顔中に舌を這わせてくれた。垂らした唾液を舌で塗り付ける感じで、たちまち吾郎の顔中は美女たちのミックス唾液でヌラヌラとまみれた。

混じり合った唾液と吐息の匂いに、彼は急激に高まって突き上げを強めた。

すると、先に冴香がガクガクと痙攣し、

「い、いっちゃう、アアーッ……！」

声を上げ、そのまま激しいオルガスムスに達してしまった。

吾郎も、その狂おしい収縮に巻き込まれて昇り詰め、

「い、いく、気持ちいい……！」

絶頂の快感に口走りながら、ありったけの熱いザーメンをドクンドクンと勢いよくほとばしらせたのだった。

「あう、いい気持ち……」

噴出を感じた冴香が駄目押しの快感に呻き、キュッと締め付けてきた。

利々子も、まるで二人の快感が伝わったようにクネクネと身悶えている。

吾郎は心ゆくまで快感を嚙み締め、いつまでもこんな快楽の日々が続けば良いと思うのだった……。

初出「特選小説」二〇二四年一月号～二〇二四年十一月号

文日実
庫本業
社之
む２21

美人探偵《びじんたんてい》　淫《みだ》ら事件簿《じけんぼ》

2024年12月15日　初版第１刷発行

著　者　睦月影郎《むつきかげろう》

発行者　岩野裕一
発行所　株式会社実業之日本社
〒107-0062　東京都港区南青山6-6-22 emergence 2
電話 [編集]03(6809)0473 [販売]03(6809)0495
ホームページ　https://www.j-n.co.jp/
ＤＴＰ　ラッシュ
印刷所　中央精版印刷株式会社
製本所　中央精版印刷株式会社

フォーマットデザイン　鈴木正道（Suzuki Design）

ISBN978-4-408-55926-1（第二文芸）